Hugo et l'étalon noir.

Martine BIER

ISBN : 9798300795399

Table des matières

REMERCIEMENTS

Merci à mes lecteurs de cœur, qui ont pris le temps de lire mon travail et de me donner leurs retours constructifs

Hugo, un garçon solitaire.

Hugo était un garçon au regard lumineux, vivant dans un petit village oublié du monde. Un endroit où les maisons étaient comme des pierres posées sur le sol, simples et rustiques, sans prétention. Le village était perché au sommet d'une colline verdoyante, ce qui lui donnait un air de forteresse isolée. Les habitants, bien qu'amicaux, semblaient vivre dans un univers à part, peu importait le reste du monde extérieur. Il n'y avait pas d'agitation dans ce coin du monde. Ici, le rythme de la vie suivait celui des saisons, lent et tranquille, sans grandes distractions ni enjeux. Mais pour lui, ce village, bien que beau dans sa simplicité, était devenu un lieu de solitude.

Le garçon vivait avec ses parents, dans une maison modeste mais chaleureuse, en bois clair, surplombant les champs de blé. Son père était forgeron, et sa mère, une couturière talentueuse, passait ses journées à coudre de jolis vêtements pour les villageois. Hugo les aimait profondément, mais il n'avait jamais trouvé une connexion aussi forte avec eux qu'avec la nature. Chaque soir, quand le soleil se couchait, il partait marcher seul, ses pas résonnant doucement sur les chemins poussiéreux qui menaient à la forêt. Il se sentait plus chez lui là-bas, dans l'ombre des arbres, que dans les pièces lumineuses de la maison familiale.

A l'école, c'était un enfant comme les autres, mais il n'avait pas beaucoup d'amis. Ses camarades de classe le considéraient comme un rêveur, un garçon trop discret, trop étrange, qui préférait observer le monde plutôt que de s'y engager. Il n'était pas du genre à jouer aux jeux bruyants ou à participer aux discussions animées des autres enfants. Au lieu de cela, il se perdait dans ses pensées, observant les oiseaux, les nuages, les petites fleurs qui parsemaient les chemins. Les autres enfants se moquaient parfois de lui, l'appelant « l'enfant des bois » ou « le petit rêveur ». Mais Hugo ne s'en souciait pas. Il avait appris, au fil des ans, à se contenter de sa propre compagnie. Les moqueries glissaient sur lui comme l'eau sur les feuilles des arbres après la pluie. La forêt, elle, ne jugeait jamais. Elle l'accueillait dans ses bras silencieux, lui offrant le refuge qu'il cherchait.

Il y avait des jours où il se demandait pourquoi il n'arrivait pas à se faire des amis, pourquoi il semblait toujours être à l'écart. Mais ces réflexions ne duraient jamais longtemps. Il savait qu'il était différent, et cela ne l'inquiétait pas. Il avait appris à apprécier ses moments solitaires. En effet, c'était dans ces moments-là qu'il se sentait véritablement vivant. Il trouvait une sorte de calme dans l'isolement, une paix intérieure qu'il n'aurait jamais eue en compagnie des autres. Il pouvait alors écouter le vent, regarder les nuages, ou encore se perdre dans les méandres de son esprit, se demandant ce qui se cachait au-delà des montagnes, dans les endroits inconnus où personne ne semblait avoir mis les pieds. Et quand l'isolement devenait trop lourd, il se dirigeait vers la forêt, là où les arbres semblaient lui chuchoter des secrets, là où les oiseaux lui chantaient des chansons qu'il était le seul à entendre.

Son grand-père jouait un rôle essentiel dans cette connexion profonde qu'il avait avec la nature. Ce vieil homme robuste, aux cheveux argentés et au regard pétillant, avait toujours aimé la forêt. Il lui avait transmis son amour pour les arbres, les plantes, et la vie sauvage. Dès qu'Hugo avait été assez grand pour marcher à ses côtés, son grand-père l'avait emmené explorer les bois. Ensemble, ils passaient des heures à marcher sous les feuillages, à s'arrêter pour observer un écureuil ou écouter le chant d'un oiseau. Son grand-père connaissait chaque champignon comestible, chaque baie qui poussait dans les sous-bois, et il partageait ce savoir avec son petit-fils comme s'il lui offrait un trésor précieux.

_ « Tu vois, disait-il souvent, la forêt est comme un grand livre. Si tu apprends à lire ses pages, tu ne te perdras jamais. »

Hugo buvait ses paroles, fasciné par les histoires que son grand-père racontait sur les plantes médicinales, les traces d'animaux, ou encore la manière de construire un abri avec des branches. Une nuit, ils avaient même séjourné dans un petit refuge de fortune que Hugo avait contribué à construire. Ce soir-là, allongés sous un ciel étoilé, ils avaient écouté le bruissement des feuilles et les hululements des chouettes. Ces moments étaient gravés dans le cœur du garçon, des souvenirs lumineux qu'il chérissait. Avec le temps, Hugo avait appris à se débrouiller seul dans la forêt. Ses parents, bien qu'un peu inquiets au début, faisaient entièrement confiance à leur fils. Ils savaient qu'il avait hérité de son grand-père un respect profond pour la nature et une prudence naturelle.

_ « Hugo connaît mieux les bois que nous connaissons notre propre maison, » plaisantait parfois son père.

Alors, lorsqu'il leur demandait la permission de partir seul dans la forêt, ils hochaient la tête avec un sourire.

_ « Prends ton couteau et ton sac, mon garçon, et sois de retour avant la nuit. »

Pour lui, ces escapades étaient une bouffée d'air frais, une liberté qu'il savourait pleinement.

Hugo aimait la solitude. Il ne la voyait pas comme quelque chose de triste, mais plutôt comme une forme de paix. La forêt était son refuge, un lieu où il pouvait être lui-même, loin des moqueries et des attentes des autres. Sous les grands chênes, il trouvait une force intérieure qui lui manquait dans le village. Là-bas, il pouvait être un explorateur, un aventurier, ou simplement un garçon en quête de calme. Parfois, il grimpait sur un rocher pour regarder au loin, imaginant les horizons qu'il atteindrait un jour. D'autres fois, il s'asseyait simplement contre un tronc d'arbre, savourant le silence et laissant ses pensées vagabonder.

Ces instants dans la nature, imprégnés de tout ce que son grand-père lui avait enseigné, forgeaient son caractère. Ils lui donnaient une confiance en lui qu'il n'aurait trouvée nulle part ailleurs. Alors qu'il marchait dans les sentiers tapissés de mousse, il se sentait relié à quelque chose de plus grand, un monde où chaque feuille, chaque pierre, avait sa place. Et même si les autres enfants du village ne comprenaient pas toujours son attachement à la solitude, Hugo, lui, savait qu'il avait trouvé son propre chemin, celui qui le ramenait toujours vers la forêt, là où son cœur était le plus léger.

Les arbres étaient les véritables géants de cet endroit, leurs troncs massifs et rugueux se dressant vers le ciel, parfois jusqu'à 30 mètres de hauteur. Leurs racines s'étendaient profondément dans le sol, formant un réseau complexe sous terre. Chaque arbre était un monde à part entière, un témoin de l'histoire de la forêt. Hugo adorait s'asseoir au pied de ces géants, se perdre dans leurs ombres et observer les créatures qui y vivaient. Il y avait une quiétude dans cet endroit, une sagesse ancienne qui semblait émaner des arbres eux-mêmes. Il n'y avait pas de place pour la précipitation ou l'agitation ici. Chaque créature, du plus petit écureuil au plus grand cerf, semblait comprendre cela. La forêt lui procurait un sentiment de calme et de sérénité qu'il ne pouvait pas trouver ailleurs.

À mesure qu'il s'enfonçait plus profondément dans la forêt, il découvrait des merveilles insoupçonnées. Il trouvait des clairières secrètes où le soleil perçait à peine à travers les arbres, créant des jeux de lumière et d'ombre qui dansaient sur le sol. Il y avait des étangs cachés, où l'eau était si claire qu'il pouvait voir les poissons nager en silence. De temps en temps, un cerf ou un chevreuil apparaissait, l'observant brièvement avant de s'enfuir dans l'épaisseur des sous-bois. Hugo avait appris à ne pas les déranger. Il savait que chaque créature, chaque plante avait sa place dans ce monde naturel, et que la forêt, dans toute sa splendeur et sa sauvage beauté, était un équilibre fragile qu'il fallait préserver.

Parfois, il s'éloignait des sentiers battus, suivant des petites pistes qu'il traçait lui-même au fil de ses explorations. Il apprenait à connaître la forêt, à en comprendre les rythmes, ses humeurs. Il savait que, comme les saisons, la forêt changeait constamment. Au printemps, elle était pleine de vie, bruissant des chants des oiseaux et du souffle léger des feuilles nouvelles. En été, elle devenait dense, presque étouffante, la chaleur se mêlant aux parfums puissants des plantes. L'automne apportait des couleurs flamboyantes, les arbres se parant de rouge, d'or et de bronze. Et l'hiver, enfin, recouvrait la forêt d'un manteau blanc, silencieux et majestueux, où chaque bruit semblait décuplé.

Ce qui fascinait le plus Hugo, c'était la manière dont la forêt semblait vivante, pleine de mystères et de secrets. Parfois, il croyait entendre des murmures dans le vent, des voix lointaines, comme si les arbres lui parlaient. Bien sûr, il savait que c'était son imagination qui lui jouait des tours, mais cela ne l'empêchait pas de rêver. Il se disait parfois que la forêt, dans sa sagesse infinie, savait des choses qu'il ne pourrait jamais comprendre, des secrets vieux comme le monde. Et c'était peut-être cela qui le poussait à revenir, encore et encore, à s'y perdre. La forêt n'était pas simplement un lieu physique pour lui. C'était un monde de sensations, d'émotions, d'énigmes. C'était son refuge, son temple, son sanctuaire personnel.

La forêt était pour lui un sanctuaire, un endroit où il se sentait pleinement lui-même. Chaque fois qu'il s'y aventurait, il retrouvait des compagnons familiers. Parmi eux, un renard au pelage roux, qu'il croisait presque à chaque visite. Le renard semblait l'attendre, apparaissant soudainement au détour d'un sentier ou dans une clairière baignée de lumière. Hugo s'arrêtait, le saluait doucement, et le renard, comme s'il comprenait, s'asseyait un moment avant de disparaître silencieusement entre les arbres. Il y avait entre eux une étrange complicité, une sorte de respect mutuel. Il se demandait parfois si le renard n'était pas un gardien secret de la forêt, une âme ancienne qui veillait sur ce lieu magique.

Les autres animaux aussi semblaient l'accepter. Les oiseaux ne fuyaient pas lorsqu'il s'asseyait sous un arbre pour observer le ciel. Un écureuil curieux s'approchait parfois, sautillant de branche en branche pour jeter un coup d'œil au garçon solitaire. Un jour, un chevreuil était resté là, immobile, à quelques mètres seulement, le fixant de ses grands yeux calmes. Il avait retenu son souffle, impressionné par la majesté de l'animal. Il n'avait pas besoin de mots pour comprendre qu'il faisait partie de ce monde, accepté comme un invité respectueux.

La forêt n'était pas seulement un refuge, mais aussi un lieu de découvertes infinies. À chaque saison, elle révélait de nouveaux secrets, comme si elle voulait lui montrer toutes ses facettes. En automne, Hugo aimait suivre les tapis de feuilles dorées qui craquaient sous ses pas, et en hiver, il observait les empreintes laissées par les animaux dans la neige fraîche. Au printemps, les premières fleurs sauvages fleurissaient de manière timide. Pendant l'été, la lumière qui filtrait à travers les branches formait des motifs dansants sur le sol. Ces changements rythmaient ses journées et nourrissaient son imagination.

Mais au-delà de ces merveilles, ce qu'il aimait par-dessus tout, c'était l'énergie presque vivante de la forêt. Il lui semblait parfois qu'elle respirait, qu'elle avait un cœur qui battait en harmonie avec le sien. Les grands arbres, avec leurs troncs imposants et leurs racines profondes, semblaient être les gardiens de ce monde. Lorsqu'il s'asseyait contre l'un d'eux, il avait l'impression d'être connecté à quelque chose de plus grand, une sagesse ancienne et bienveillante. Il pensait souvent à ce que son grand-père lui avait dit : « La forêt est un livre ouvert, mais il faut apprendre à lire ses pages. »

Et Hugo lisait. Il lisait dans le mouvement des branches, dans les murmures du vent, dans les traces laissées sur le sol. Il lisait dans les étoiles qui scintillaient au-dessus des clairières la nuit, et dans les ombres mystérieuses qui dansaient entre les troncs d'arbres. La forêt était son refuge, mais aussi son école, son lieu de méditation et de rêve. À chaque pas, il sentait qu'elle avait encore tant de choses à lui apprendre. Et chaque fois qu'il repartait, il avait déjà hâte d'y retourner, pour retrouver son renard, ses secrets, et cette paix unique qu'il ne trouvait nulle part ailleurs.

La première rencontre.

Un après-midi d'avril, alors que les bourgeons commençaient à éclore et que les premières fleurs du printemps parsemaient le sol de la forêt, Hugo se rendit dans sa clairière secrète, un endroit où il aimait observer la nature. Ce jour-là, une sensation étrange l'avait poussé à se lever tôt, comme un pressentiment. La forêt semblait plus vivante que jamais, emplie de sons et d'effervescence, comme si elle célébrait l'arrivée du printemps. Il s'avança à travers les arbres, le cœur battant d'excitation, sans se douter de ce qui l'attendait.

Soudain, un bruit inhabituel brisa le calme ambiant. Ce n'était pas le chant des oiseaux ou le froissement des feuilles provoqué par les petits animaux. Non, ce son était plus lourd, plus puissant, le claquement des sabots frappant le sol et un froissement de feuilles. Intrigué, Hugo se figea un instant avant de s'avancer prudemment vers la source de ce bruit.

Au détour d'un sentier, il aperçut enfin la silhouette sombre d'un cheval à travers les arbres. Là, sur une petite colline surplombant la clairière, se tenait un étalon au pelage noir comme l'encre.

Son crin flottait légèrement au vent, et ses muscles tendus témoignaient de sa puissance. Les yeux profonds de l'animal le fixèrent avec une intensité qui fit bondir son cœur. Il resta immobile, subjugué par la beauté brute de l'animal.

Le cheval, méfiant, renifla l'air en dressant ses oreilles. Bien qu'il ne montre pas de peur, sa prudence était évidente. Hugo savait qu'il devait rester parfaitement immobile pour ne pas effrayer l'étalon. Chaque mouvement comptait, et il n'avait aucune envie de rompre cet instant unique. Malgré la distance, un lien étrange semblait se tisser entre eux, un mélange de curiosité et de respect mutuel.

Lentement, l'animal fit quelques pas vers lui. Chacun de ses mouvements était empreint de grâce et de légèreté. À chaque mètre parcouru, Hugo sentait son cœur battre plus fort. Il tendit timidement la main, mais sans brusquerie, comme pour inviter l'animal à se rapprocher. Pourtant, avant qu'il ne puisse établir un contact, une brise fit frémir l'étalon. Le cheval tourna la tête, et, dans un mouvement fluide, s'éloigna rapidement.

Hugo, envahi par une vague de tristesse, comprit que l'instant était terminé. Cependant, le cheval, avant de disparaître dans les bois, lui lança un dernier regard empreint d'une étrange intensité.

Ce moment suspendu, à la fois fugace et inoubliable, laissait une empreinte indélébile dans son cœur.

Le garçon resta longtemps immobile, les mains tendues, comme s'il espérait que l'animal reviendrait. Il se sentait transformé, comme si la forêt elle-même l'avait choisi pour vivre cette expérience sacrée. Ce cheval sauvage incarnait une liberté pure, une force indomptable qu'il admirait profondément.

De retour chez lui, il ne put trouver le sommeil. Son esprit était envahi par l'image de l'étalon noir et par l'énergie qu'il avait ressentie lors de leur rencontre. Hugo comprit que cette expérience marquerait un tournant dans sa vie, une invitation à mieux comprendre la nature et la liberté qu'elle représentait.

Les jours qui suivirent, Hugo se sentit comme changé. L'image de ce cheval sauvage restait vivace dans son esprit, un souvenir aussi puissant que l'écho d'une voix qu'on n'arrive jamais à oublier. Il se levait tôt, prêt à retourner dans la forêt, espérant croiser à nouveau l'étalon noir, mais il savait que cet instant unique n'était pas un événement qu'on pouvait répéter. C'était un cadeau du destin, un fragment d'éternité que la nature lui avait offert, et il en prenait conscience chaque fois qu'il s'aventurait dans les bois.

Il n'était plus tout à fait le même. Une nouvelle forme de sérénité habitait son cœur, une compréhension plus profonde de ce lien invisible qu'il partageait avec la nature. Les moqueries des enfants à l'école, bien qu'elles n'aient jamais vraiment affecté son cœur, lui paraissaient désormais d'une légèreté presque risible. Leurs bruits ne parvenaient plus à troubler la paix qu'il avait trouvée. À chaque pas dans la forêt, à chaque souffle d'air frais, il se sentait plus en phase avec le monde qui l'entourait.

Les Parents.

Les parents d'Hugo ne comprenaient pas toujours son besoin d'évasion dans la forêt. Son père, fort et concentré sur son travail de forgeron, voyait en lui un futur apprenti. Il lui inculquait les rudiments du métier : reconnaître les métaux, alimenter le feu, et manier les outils. Bien qu'Hugo exécutât ces tâches avec soin, il ne partageait pas la même passion pour la forge. Il respectait son père, mais il sentait une distance, un fossé entre leurs univers. La clarté étincelante des braises n'avait pas le même charme pour lui que la lumière dorée filtrant à travers les feuilles de la forêt.

Sa mère, de son côté, semblait plus attentive à la sensibilité de son fils. Elle observait les silences d'Hugo, ses regards perdus au loin lorsqu'il revenait de ses longues promenades. Parfois, elle posait une main douce sur son épaule, comme pour l'encourager à parler. Mais elle respectait aussi son besoin de solitude, pensant peut-être que ses explorations faisaient partie d'un processus naturel de croissance. Elle se contentait alors de lui coudre de petits vêtements chauds pour ses escapades, glissant parfois une pomme ou un morceau de pain dans sa poche, comme pour dire

: *Je ne sais pas où tu vas, mais je veux que tu sois en sécurité.*

Hugo, cependant, ne se sentait pas encore prêt à partager tout ce que la forêt représentait pour lui. Il savait que ce monde de branches et de clairières appartenait à un espace qu'il ne pouvait expliquer. La forêt était à la fois un refuge et une frontière, un endroit où il était libre d'être lui-même sans avoir à répondre à des attentes. Ses parents, bien que présents, n'étaient pas des complices de ce voyage intérieur. Leur amour, bien que sincère, semblait parfois distant, comme une rivière calme qui coulait sans rencontrer le rocher de ses propres aspirations.

Ce n'était pas qu'il manquait d'amis. De temps à autre, quelques compagnons partageaient son univers. Clara, une amie d'enfance venue avec sa famille un été, l'avait marqué par son enthousiasme et sa curiosité. Ensemble, ils avaient inventé des histoires fantastiques à l'ombre des grands chênes, se donnant des rôles de chevaliers et d'aventuriers. Un jour, un autre garçon du village, Maxime, connu pour son esprit turbulent et audacieux, avait exploré la forêt aux côtés d'Hugo. Cependant, lorsque Maxime se perdit parmi les arbres, le jeune garçon, calme et sûr de lui, parvint à le ramener à la lisière. On aurait dit qu'il suivait un instinct que seule la forêt avait su lui transmettre. Ces moments, bien que rares, illuminaient ses souvenirs.

Pourtant, au-delà de ces amitiés épisodiques, il savait que son véritable lien se trouvait ailleurs. Les clairières où dansaient les rayons du soleil, les sentiers tapissés de mousse, les murmures du vent dans les branches : c’était là qu’il se sentait pleinement compris. Il aimait ses parents, et ses rares amis étaient précieux pour lui, mais la forêt restait son sanctuaire. Chaque arbre, chaque pierre semblait porter un fragment de son âme, et il savait que ce lien indéfectible l’accompagnerait, où qu’il aille.

Les mois s'étaient écoulés depuis sa première rencontre avec Obsiden, le mystérieux cheval sauvage. L'automne avait cédé sa place à l'hiver, recouvrant la forêt d'un épais manteau de neige. La nature, autrefois foisonnante de couleurs et de vie, semblait plongée dans un profond sommeil. Pourtant, pour Hugo, cette saison silencieuse était d'une sérénité apaisante. Les craquements feutrés de ses pas dans la neige, les longues ombres des arbres sous la lumière froide, tout semblait inviter au recueillement. Chaque jour dans la forêt renforçait son lien avec ce sanctuaire naturel.

Malgré l'absence prolongée d'Obsiden, Hugo ne perdait pas espoir. Il avait appris que la forêt ne se dévoilait qu'à ceux qui savaient attendre. Ses explorations le menaient parfois dans des recoins encore inconnus, à la recherche d'indices : des empreintes dans la neige ou des crins sombres accrochés à une branche basse. Mais il ne cherchait pas à imposer sa présence. Il comprenait que le cheval sauvage appartenait à un monde où la liberté primait sur tout. Cette compréhension renforçait l'admiration qu'il portait à l'étalon.

Un après-midi, alors que de lourds nuages annonçaient une tempête imminente, Hugo aperçut la silhouette tant espérée. Il se trouvait sur un sentier bordé de hauts sapins enneigés, lorsqu'il distingua, à travers la brume, l'ombre d'Obsiden dans une clairière. Le cheval, majestueux, se tenait immobile, son pelage noir contrastant fortement avec la blancheur environnante. L'air glacé semblait vibrer d'une énergie palpable. Le garçon resta figé, le souffle suspendu, de peur de briser cet instant magique.

Avec précaution, Hugo s'approcha, ses bottes enfonçant la neige fraîche. Chaque pas semblait le rapprocher non seulement du cheval, mais aussi d'une connexion plus profonde avec la nature elle-même. Obsiden, loin de fuir, observait calmement le garçon. Lorsqu'il fut suffisamment proche, il tendit la main, laissant à l'animal la liberté de décider. À sa grande surprise, Obsiden s'avança, effleurant du bout du museau la paume tendue. Ce contact était léger, presque timide, mais portait en lui une confiance fragile mais réelle.

Hugo se sentait transporté. En caressant doucement la crinière d'Obsiden, il ressentait une chaleur inattendue dans ce froid hivernal. Le temps semblait suspendu, comme si la forêt elle-même retenait son souffle. Pourtant, un craquement soudain dans les bois rompit cette quiétude. Les oreilles du cheval se dressèrent, et en un instant, il s'éloigna, ses sabots frappant la neige avec une force qui résonnait longtemps après son départ. Hugo le regarda disparaître, un mélange de respect et de gratitude dans les yeux.

Il resta longtemps debout dans la clairière, entouré de l'écho des pas d'Obsiden qui s'éteignaient peu à peu. Pourtant, il ne ressentait aucune tristesse. Ce qu'il avait vécu allait bien au-delà d'une simple rencontre. Il comprenait que son lien avec le cheval était unique, basé sur un respect mutuel, loin de toute domination ou possessivité. Obsiden lui avait appris une leçon essentielle : la vraie connexion naît de la liberté et du respect.

En regagnant la maison, Hugo repensa à l'étrange amitié qui s'était nouée entre lui et cet animal indomptable. Chaque rencontre renforçait sa conviction que la forêt était un monde d'équilibre et de mystères, où l'homme pouvait trouver sa place seulement en s'ouvrant à ce qui l'entourait. Obsiden était devenu pour lui plus qu'un compagnon d'aventure : il était une source d'inspiration, une incarnation de la liberté sauvage qui résonnait dans le cœur du jeune garçon.

Hugo avait toujours aimé la forêt. Âgé de douze ans, il passait des heures à explorer les sentiers, à écouter le murmure des arbres et à observer les animaux sauvages. Parmi ses rencontres, il y avait une qui lui tenait particulièrement à cœur : Obsidien, un étalon sauvage à la robe noire et brillante comme la nuit. Le cheval l'observait souvent de loin, et avec le temps, Hugo avait gagné sa confiance. Ils partageaient une étrange amitié silencieuse, faite de regards et de moments furtifs.

Ce matin-là, emporté par sa curiosité, Hugo avait décidé d'explorer une partie de la forêt où il n'était jamais allé. Le soleil filtrait à travers les feuillages, et le chant des oiseaux l'accompagnait. À chaque pas, il était émerveillé par la beauté qui l'entourait. Les rayons dorés illuminaient des fleurs sauvages, tandis que le vent jouait dans les feuilles, créant une mélodie apaisante. Mais à mesure qu'il avançait, les arbres semblaient se resserrer, et le paysage devenait méconnaissable. Il se rendit compte trop tard qu'il avait perdu son chemin.

Au début, Hugo tenta de rester calme. Il se disait qu'il finirait bien par reconnaître un détail familier : un arbre au tronc noueux, une clairière qu'il avait déjà traversée. Mais tout semblait étranger. Les minutes s'égrenaient, et la panique commença à pointer. Chaque bruit de la forêt – le craquement d'une branche, le cri lointain d'un oiseau – semblait amplifier son isolement. Hugo appelait à l'aide, mais sa voix semblait se perdre dans l'immensité des bois.

Il marcha, marcha encore, mais la lumière du jour faiblissait. Il trébucha sur une racine et s'écorcha les genoux, la douleur accentuant son sentiment d'impuissance. Le garçon s'efforça de retenir ses larmes, mais le poids de l'inquiétude et de la solitude fut trop lourd. Pour la première fois, il se sentit vraiment seul dans un lieu qu'il aimait tant.

C'est alors qu'il entendit ce bruit familier : un souffle chaud et apaisant. Il releva la tête et vit Obsidien, immobile, comme s'il attendait ce moment précis. Le regard du cheval semblait lire en lui, comprendre sa peur et son désarroi. Pour Hugo, Obsidien représentait bien plus qu'un simple cheval sauvage. Il était une figure de mystère et de sagesse, un guide silencieux dans ce monde sauvage.

Avec une douceur inattendue, Hugo s'approcha. Sa main tremblante caressa le flanc d'Obsidien, et le cheval resta immobile, acceptant ce geste. Sans un bruit, l'étalon se tourna et commença à avancer. Hugo, réconforté par cette présence, suivit sans hésiter.

Le trajet fut étrange, presque irréel. Obsidien avançait avec une assurance qui semblait défier le labyrinthe des arbres. À chaque pas, Hugo sentait son angoisse se dissiper, remplacée par une étrange sérénité. Les bruits de la forêt qui l'avaient tant effrayé prenaient maintenant une autre dimension : ils semblaient être une mélodie douce et protectrice. Hugo marchait, les yeux rivés sur la silhouette imposante de son guide.

Ils franchirent des zones qu'Hugo n'aurait jamais osé traverser seul : des ruisseaux glissants, des fourrés denses, des sentiers escarpés. Et pourtant, il se sentait en sécurité, comme si Obsidien connaissait chaque recoin de cette forêt.

Après ce qui lui sembla une éternité, Hugo reconnut enfin les contours familiers de son environnement. Les lanternes allumées dans le jardin semblaient comme une lumière d'espoir, une promesse de chaleur et de sécurité. En voyant son fils sortir des bois, sa mère accourut, les bras tendus, son visage marqué par l'inquiétude. Elle l'enlaça avec une force qui traduisait tout l'amour et la peur qu'elle avait ressentis.

— « Où étais-tu ? J'avais si peur ! s'écria-t-elle.

Hugo, la gorge encore nouée par l'émotion, murmura simplement :

— C'est Obsidien. Il m'a ramené. »

Elle leva les yeux, mais le cheval sauvage avait déjà disparu, fondu dans l'obscurité de la forêt. Une douce mélancolie s'empara de lui à la pensée que l'étalon pourrait tout aussi bien n'être qu'une création de son imagination. Pourtant, au fond de lui, il savait que ce lien était réel.

Cette nuit-là, alors qu'il s'endormait dans son lit, Hugo pensa à Obsidien. Il comprit que leur lien était plus qu'une simple rencontre. C'était une promesse silencieuse, celle de veiller l'un sur l'autre, même au cœur de l'immensité sauvage. Alors qu'il sombrait lentement dans le sommeil, il envisagea des aventures futures, des explorations à venir, désormais partagées avec son ami. Le souvenir de l'étalon légendaire se mêlait à ses rêves. Il imaginait des courses à travers la brume matinale, des échanges de murmures dans la lumière des étoiles, et tout cela renforçait la dimension magique de leur amitié.

Dans les jours et les semaines qui suivirent, Hugo n'osait pas s'aventurer de nouveau seul dans la forêt, mais chaque fois qu'il entendait le bruit des sabots, une lueur d'espoir illuminait son cœur. Il savait que, peu importe où son chemin le mènerait, Obsidien serait toujours là, prêt à le retrouver, prêt à l'aider à déjouer ses peurs et à explorer les merveilles du monde qui les entouraient. Et dans cette compréhension, il trouva une force, une résilience qui le suivrait tout au long de sa vie, bien au-delà des limites de la forêt.

L'aventure de la montagne.

Le printemps arriva doucement, mais l'hiver tenait encore la forêt sous son emprise. Les premiers bourgeons apparaissaient timidement sur les arbres, mais la neige ne fondait pas encore complètement. Ce matin-là, Hugo, animé par une envie d'explorer l'inconnu, décida de partir plus loin que d'habitude, vers une montagne qui se dressait au loin, au-delà des forêts qu'il connaissait bien. Il avait entendu parler de cet endroit mystérieux, mais il n'y était jamais allé. Il savait que l'expédition comporterait des dangers, des passages escarpés et glacés, mais il sentait qu'il avait besoin de repousser ses limites, de vivre une aventure nouvelle.

Avant de partir, il passa dans la cuisine pour prévenir sa mère. Elle était occupée à ranger des provisions, mais leva les yeux en l'entendant. Il expliqua qu'il souhaitait passer la journée dans la forêt et qu'il allait plus loin que d'habitude. Sa mère lui répondit avec douceur :

_ « D'accord, mon chéri, mais fais attention et ne rentre pas trop tard. » il hocha la tête avec un sourire, prit son sac léger qu'il avait préparé et quitta la maison.

Le sac contenait quelques provisions : un morceau de pain, un peu de fromage, une gourde d'eau, et une couverture légère pour se réchauffer si besoin. Dès qu'il pénétra dans la forêt, il sentit l'excitation monter en lui. Le paysage était magnifique, la neige encore étincelante sous le soleil matinal, et le froid vif qui piquait ses joues le réveillait complètement. Après quelques heures de marche, Hugo atteignit le pied de la montagne.

La pente qui s'élevait devant lui était raide, et la neige avait formé une couche épaisse sur les rochers, rendant l'ascension périlleuse. L'enfant hésita un instant, évaluant le chemin. Mais son regard fut attiré par une silhouette sombre, presque irréelle, au sommet d'un rocher escarpé. Là, se tenait Obsiden. Le cheval noir semblait l'attendre, majestueux et immobile, dominant la vallée enneigée. Son pelage luisait faiblement sous les rayons filtrés du soleil, et ses yeux semblaient scruter directement ceux de Hugo.

C'était comme si l'animal l'invitait à continuer, à dépasser ses craintes. Il sentit une vague de courage l'envahir. Il s'élança sur le sentier, prêt à relever le défi que la montagne et Obsiden semblaient lui proposer. Chaque pas dans la neige était une promesse d'aventure, une immersion plus profonde dans le lien unique qu'il partageait avec cet être libre et sauvage.

Le cheval se tenait là, tel un gardien silencieux, ses yeux brillants rivés sur le garçon. Ce dernier sentit un frisson parcourir son dos. Ce n'était pas une simple coïncidence. Non, l'animal l'avait trouvé, ou peut-être l'attendait-il depuis toujours. Lentement, il s'approcha, leurs regards s'entremêlant dans une compréhension mutuelle. Une certitude naquit en lui : quelque chose de plus grand se préparait.

L'étalon se tourna soudain et, comme s'il attendait ce moment précis, s'élança dans la neige, dévalant la pente escarpée. Le garçon n'hésita pas un instant. Il le suivit à travers les montagnes, courant, sautant par-dessus les rochers et les branches, se frayant un chemin dans la neige profonde. L'animal n'était pas simplement un guide : il incarnait une invitation à dépasser ses limites, à relever les défis imposés par la nature, à découvrir la véritable aventure dans l'affrontement de soi-même.

La montée était difficile. Hugo se sentait épuisé, ses jambes brûlantes de fatigue, mais il savait qu'il devait continuer. Obsiden était toujours devant, apparaissant et disparaissant dans les ombres des arbres et des rochers. Parfois, il s'arrêtait, l'attendant, comme pour lui dire : « Tu es capable. » Le cheval était un symbole de force, d'endurance, mais aussi de sagesse. Il savait exactement où aller, quand ralentir, quand s'arrêter. Et c'est ce qu'il faisait, guidant Hugo, sans geste brutal, mais seulement par sa présence imposante.

Finalement, après une longue ascension, ils arrivèrent au sommet de la montagne. Hugo s'effondra dans la neige, le souffle court, mais un sourire de satisfaction sur le visage. Il avait atteint son but. Il se redressa lentement, et Obsiden s'approcha de lui, son regard le fixant comme pour lui dire : « C'est ici que se trouve la vraie liberté. » Hugo se leva et se dirigea vers le bord de la montagne. La vue qui s'offrit à lui était à couper le souffle. De là, il pouvait voir toute la vallée, la forêt qui semblait infinie, le ciel d'un bleu éclatant. C'était comme s'il touchait le ciel. Il comprenait maintenant que la véritable aventure n'était pas dans la conquête de la montagne, mais dans la reconnaissance de son propre potentiel. Il avait trouvé une vérité profonde en lui-même, grâce à l'animal qui, sans le savoir, l'avait guidé tout au long de ce voyage.

Au haut de la montagne.

Le vent soufflait fort, et Hugo leva les bras, se laissant envahir par l'énergie brute de la nature. Obsiden, quant à lui, se tint là, observant le garçon avec ses yeux sombres, comme pour partager ce moment. Ce n'était plus un simple cheval sauvage pour l'enfant. C'était un compagnon, un frère d'âme, un symbole de la liberté et de la sagesse que la nature pouvait offrir à ceux qui savaient écouter et comprendre. Le cheval, avec sa beauté sauvage et son regard profond, représentait cette liberté absolue qu'Hugo avait toujours recherchée. Mais plus que cela, il représentait aussi un guide, une sorte de miroir des désirs et des peurs du garçon. Dans les yeux de l'animal, il voyait ses propres luttes et ses rêves, tout ce qui l'avait poussé à se rendre dans cette forêt, à chercher quelque chose de plus grand que lui.

Le vent se leva en bourrasques, secouant les cimes des arbres en bas, mais à cette hauteur, la neige tombait doucement, comme une pluie fine et légère. Hugo s'assit dans la neige, près du bord de la montagne, les jambes croisées, ses yeux perdus dans l'horizon infini. Il ne craignait plus l'inconnu.

La montagne lui avait montré une vérité simple : pour avancer dans la vie, il fallait accepter les défis, les traverser et en sortir grandi. Et grâce à Obsiden, il avait trouvé la force de le faire.

Le cheval se tourna doucement, comme s'il savait que l'aventure ne s'arrêtait pas là. Il fit un pas en arrière, reniflant l'air, et l'enfant le suivit du regard, se levant avec un mouvement fluide. Ils ne se parlaient pas, mais une compréhension mutuelle existait entre eux. Hugo n'avait pas besoin de mots pour savoir ce que l'étalon voulait dire. Le cheval, avec sa posture noble, se dirigea vers un sentier étroit qui serpentait sur le flanc de la montagne, une piste presque invisible recouverte de neige. Hugo, sans hésiter, se mit en marche derrière lui.

Au fil du chemin, ils traversèrent des forêts de conifères sombres, des ruisseaux gelés, et des crêtes où la neige s'accumulait en couches épaisses. L'ascension devenait plus ardue, mais le cheval semblait toujours aussi serein, comme s'il connaissait chaque recoin de cette montagne. Il n'était pas seulement un guide physique, il offrait à Hugo une guidance spirituelle, une invitation à se libérer de ses peurs et de ses limitations. Malgré la fatigue et le froid, le garçon se sentait porté par une énergie nouvelle, un souffle vivant qui le poussait à aller plus loin.

Au fur et à mesure qu'ils progressaient, le paysage autour d'eux se transformait. La neige recouvrait les montagnes comme un tapis immaculé, et chaque pas qu'ils faisaient semblait imprimer leur trace dans un monde figé et intemporel. Le ciel était d'un bleu pur, une toile claire parsemée de nuages flottants. Le vent, frais et vif, portait une odeur de pin et de terre humide, mélangée à la senteur cristalline de la neige tombée récemment. Chaque respiration d'Hugo était un nuage de vapeur qui se dissipait dans l'air froid. Ses doigts étaient engourdis par le froid, mais il ressentait cette sensation étrange et agréable d'être à la fois vivant et perdu dans l'immensité de la nature.

Obsiden, avec sa silhouette fière et intemporelle, semblait fusionner avec les montagnes. Son pelage noir, à peine visible dans la lumière changeante de la journée, se mêlait à l'obscurité des pins voisins et à l'ombre des rochers. Il avançait sans effort, ses pas fluides et sûrs, semblant danser sur la neige épaisse. Ses sabots frappaient doucement la neige, produisant un bruit mat et régulier qui résonnait dans le silence profond des montagnes. À chaque pas, Hugo sentait un frisson courir sur sa peau, non de froid, mais de respect. Il avait l'impression de suivre une ombre, un spectre qui connaissait le chemin bien mieux que lui.

Les arbres autour d'eux, grands et majestueux, étaient comme des géants veillant sur ce territoire sacré. Parfois, le vent les secouait doucement, et des flocons de neige se détachaient des branches, tombant lentement comme des plumes d'un ciel gelé. La neige sous leurs pieds émettait un doux craquement, comme une réponse silencieuse à leur passage. Le garçon s'arrêta un instant pour regarder autour de lui, et il sentit une immensité. Tout semblait plus grand que lui, plus ancien, plus sage. Il se sentait tout à la fois insignifiant et immensément connecté à ce monde primitif, où les règles de la nature régnaient sans compromis.

Soudain, ils arrivèrent au bord d'un précipice. La montagne plongeait dans un abîme silencieux, une vallée profondément enneigée où les arbres étaient aussi rares que des pierres précieuses. Là, un léger brouillard se leva, enveloppant la vallée d’un voile mystique. Le vent hurlait dans les crêtes, mais ici, tout était paisible, figé dans une tranquillité glacée. Hugo s’approcha du bord avec précaution, observant la profondeur de la vallée en contrebas, ses yeux écarquillés de contemplation.

Obsiden s’était arrêté quelques pas derrière lui. Il regardait le paysage, ses naseaux s’élevant légèrement dans l’air, reniflant les effluves d’une nature qu’il connaissait intimement. Le cheval se tenait là, stoïque, ses yeux fixant l'horizon comme s’il contemplait un souvenir ancien. Ses muscles, tendus sous sa peau noire, semblaient vibrer avec l’énergie de l’univers qui les entourait.

Hugo se sentit soudain tout petit dans cet immense décor. Il avait voulu repousser ses limites, découvrir une nouvelle aventure, mais ici, à ce moment précis, il comprenait que l’aventure n'était pas seulement un déplacement physique. C’était une exploration intérieure. Il réalisa que chaque pas qu'il avait fait depuis sa rencontre avec Obsiden l'avait conduit non pas seulement vers la montagne, mais vers lui-même. Les défis de la nature, la grandeur des paysages, les épreuves physiques, tout cela était une invitation à une introspection profonde. La montagne lui avait montré que chaque difficulté surmontée était une victoire personnelle, une ouverture vers une version plus forte de lui-même.

Le vent soufflait plus fort maintenant, mais Hugo ne sentait plus le froid. Il était enveloppé dans une chaleur douce, une énergie qui venait du contact avec la nature, avec Obsiden, et avec cette vérité qu'il venait de découvrir. Il tourna ses yeux vers le cheval, et celui-ci, comme s'il l'avait compris, fit un petit mouvement de tête, avant de se tourner et de commencer à descendre lentement la montagne. L'enfant le suivit sans hésiter. Ils avaient maintenant une nouvelle destination, un nouveau chemin, et quelque part, il savait que tant que le cheval serait à ses côtés, il n'aurait plus peur de ce qui pourrait venir. Obsiden ne montrait pas simplement la voie physique à suivre, il lui offrait aussi une voie spirituelle. Un chemin de sagesse, de patience, et de compréhension profonde. Chaque détour, chaque crête, chaque montée et chaque descente étaient devenus des métaphores de la vie elle-même.

Alors qu'ils avançaient dans le silence de la montagne, Hugo se laissa porter par l'instant. Le paysage était un tableau vivant, une œuvre d'art en constante évolution. La neige scintillait sous le soleil qui commençait à se coucher, projetant une lumière dorée sur les cimes des arbres et les crêtes enneigées. Les couleurs changeaient à chaque pas, et l'air devenait plus lourd, plus saturé d'une paix profonde et intacte. Un murmure doux accompagnait leur progression, comme si la montagne elle-même chuchotait des secrets anciens à ceux qui étaient prêts à les écouter.

Et, avec chaque pas qu'il faisait derrière Obsiden, il savait qu'il était prêt. Prêt à affronter les défis de la vie, prêt à accepter l'inconnu, et prêt à avancer, sans crainte, dans cette aventure qu'était la recherche de soi.

Ils arrivèrent enfin dans une vallée cachée, un lieu qu'Hugo n'avait jamais exploré auparavant. La neige y était plus dense, le silence presque surnaturel. C'était un endroit secret, empreint d'une magie discrète, où le temps semblait suspendu. Le soleil, à l'horizon, projetait les ombres des montagnes sur le sol gelé, baignant le paysage d'une lumière irréelle. La beauté brute et impitoyable de ce lieu captiva le garçon, qui s'arrêta pour respirer profondément l'air pur, observant les montagnes, le ciel aux teintes rosées et orangées, et l'immensité blanche qui l'entourait.

Obsiden, immobile à ses côtés, tendit les oreilles, comme s'il percevait un message inaudible. Ce lieu recelait-il un simple isolement, ou portait-il en lui une signification profonde, un sanctuaire pour cet être sauvage ? Soudain, l'animal tourna la tête et plongea son regard dans celui du garçon. Ce fut un moment étrange, presque solennel, où il sembla lui transmettre un dernier message : la certitude que cet endroit n'était pas qu'un lieu, mais une part de lui-même. La liberté véritable n'était pas dans une course sans fin, mais dans la compréhension de son rôle dans ce vaste monde, dans son lien avec la nature et la découverte d'une paix intérieure.

Hugo s'agenouilla dans la neige, posant une main sur le sol glacé, sentant la terre sous ses doigts. C'était comme s'il touchait quelque chose de plus grand que lui, un pouvoir ancestral qui l'avait toujours accompagné, mais qu'il n'avait jamais vraiment vu. Obsiden s'éloigna alors, se dirigeant vers un groupe d'arbres au loin. Hugo le suivit des yeux, se sentant encore plus connecté à cet animal, à cette nature sauvage qui l'entourait. Ils avaient partagé un voyage, une aventure, mais il savait maintenant que ce n'était que le début. Il avait appris à respecter l'animal, à l'écouter, à comprendre que la vraie liberté venait de l'intérieur.

Le cheval s'arrêta près d'un grand sapin, ses sabots foulant la neige avec une grâce silencieuse. Il se tourna à nouveau vers l'enfant, comme pour lui montrer un dernier chemin. Hugo se leva, sentant une légère douleur dans ses jambes endolories par la marche, mais il n'était pas fatigué. Son esprit était clair, comme l'eau d'un ruisseau de montagne. Il s'approcha du cheval qui attendait tranquillement.

Il y eut un instant de silence, puis, dans un mouvement lent et naturel, le cheval s'avança. Obsiden s'arrêta juste devant lui, baissant la tête en direction de Hugo. Ce geste, simple et humble, était chargé de signification. Le cheval lui offrait son respect, et peut-être même son amitié, mais à sa manière, sauvage et sans attente. Hugo tendit la main, effleurant doucement l'encolure du cheval, cette fois-ci sans hésitation, sans crainte. Il n'y avait plus de mystère, plus de doute. Tout était clair. L'enfant avait trouvé sa place dans ce monde.

Le vent se leva à nouveau, balayant la vallée, emportant avec lui les derniers vestiges de la journée. Le soleil se coucha totalement, laissant place à la nuit. Obsiden leva la tête, comme pour saluer les étoiles qui commençaient à briller dans le ciel. Puis, dans un geste fluide, il se détourna et s'éloigna, rejoignant les montagnes. Hugo le suivit du regard jusqu'à ce qu'il disparaisse dans l'obscurité. Mais cette fois, il ne ressentit pas de tristesse. Il savait que le cheval reviendrait. Et à chaque retour, il comprendrait un peu plus la nature, et aussi la force intérieure qu'il portait en lui.

Hugo se tourna, regarda la vallée, et opéra un demi-tour. Il était prêt à rentrer chez lui, mais avec une nouvelle perspective sur la vie, sur lui-même, et sur la relation qui l'unissait à la nature. Son voyage avec Obsiden était loin d'être terminé. Le cheval sauvage était son guide, son maître silencieux. Mais surtout, il était devenu un ami. Un ami qui lui avait appris que, pour être libre, il fallait d'abord se comprendre soi-même, accepter ses propres limites et puis apprendre à les transcender. Et le jeune garçon de dix ans, savait maintenant que cette aventure était le début de quelque chose de bien plus grand, un chemin de sagesse qu'il poursuivrait toute sa vie.

Le vent souffla une dernière fois, balayant les cimes des arbres, et Hugo s'engagea sur le chemin du retour, le cœur léger, empli de la beauté et de la grandeur de cette expérience.

Il se dirigea donc vers la forêt, son esprit empli des images de la vallée et du cheval Obsiden qui disparaissait lentement à l'horizon. Le vent soufflait plus fort maintenant, emportant avec lui des flocons de neige qui scintillaient dans l'air comme des étoiles filantes. À chaque pas qu'il faisait, la neige crissait sous ses bottes, le bruit si pur qu'il semblait presque irréel. Le jeune garçon n'était plus le même que celui qui avait franchi cette montagne au matin. Il était marqué par l'expérience vécue, et il savait que quelque chose avait changé en lui, quelque chose de profond et d'indélébile.

Sur le chemin du retour, il se sentait plus connecté à la nature que jamais. Chaque arbre semblait lui parler, chaque brise semblait lui souffler un message secret. Il n'était plus seul, et il ne se sentait plus aussi insignifiant que lorsqu'il avait commencé son aventure. Obsiden lui avait montré qu'il faisait partie de quelque chose de plus grand que lui, quelque chose de mystique, d'invisible et pourtant bien présent. C'était comme si la nature elle-même l'avait accepté comme un de ses enfants, un jeune homme capable de comprendre et d'honorer ses lois.

Lorsqu'il arriva enfin à la lisière de la forêt, là où la neige laissait place à la terre plus humide des champs, il s'arrêta un instant. Il savait qu'il avait désormais la possibilité de regarder la vie sous un autre angle. Le monde qui l'entourait n'était plus le même pour lui. Il y avait plus que des arbres et des animaux sauvages : il y avait une harmonie, une symbiose qui ne demandait qu'à être comprise. Hugo avait vécu cette expérience grâce à Obsiden, mais ce n'était pas le cheval qui avait changé son regard sur le monde. C'était la nature elle-même, qui lui avait appris à voir au-delà des apparences, à écouter ce qui se cache dans les bruits du vent, dans les sifflements des oiseaux et dans le murmure des ruisseaux.

Le retour chez lui fut silencieux. Il n'avait aucune envie de parler à haute voix. Il n'avait pas besoin de le faire. Il savait que ses parents, qui l'attendaient à la maison, ne comprendraient pas vraiment ce qu'il venait de vivre. Peut-être ne le comprendraient-ils jamais. Mais ce n'était pas grave. Hugo savait qu'Obsiden et lui étaient liés par quelque chose d'indéfinissable, une connexion bien plus forte que tout ce qu'il pourrait expliquer avec des mots.

De retour à la maison, il s'assit en silence à la table, son visage illuminé par une lueur douce. Sa mère s'approcha de lui, les sourcils froncés, inquiète. Elle lui avait préparé un repas chaud, mais avant qu'elle ne puisse dire quoi que ce soit, Hugo se tourna vers elle, son regard brillant d'une nouvelle lumière.

_ « Maman," dit-il d'une voix calme, je suis allé très loin cette fois. Mais c'était plus qu'une simple aventure. »

Il marqua une pause, cherchant les mots justes, sachant que ce qu'il avait vécu n'était pas facile à expliquer.

_ « J'ai suivi un cheval, maman... Un cheval sauvage. Je l'ai appelé Obsiden. Il est noir comme la nuit, et il vit dans la montagne. Mais il n'est pas comme les autres chevaux. Il est libre, plus libre que tout ce que je n'ai jamais vu. »

Sa mère le regarda attentivement, cherchant à comprendre.

_ « Un cheval sauvage ? Mais où… comment ? » il sourit doucement, se perdant un instant dans ses pensées avant de reprendre.

_ Je ne sais pas exactement comment… mais il m'a montré un endroit, une vallée cachée. Il n'y avait que nous là-bas, et tout était si calme. La neige, les arbres, les montagnes. C'était comme si le monde entier avait cessé de tourner, et que tout ce que je ressentais était cette paix.

Il baissa les yeux, touchant la neige encore accrochée à ses bottes.

_ Obsiden… il ne m'a pas emmené là pour une raison précise, je crois. Il m'a juste montré un chemin. Il m'a appris quelque chose. La liberté, maman… Ce n'est pas simplement de courir où l'on veut. C'est comprendre sa place, sa connexion avec le monde, avec la nature. »

Il la regarda à nouveau, les yeux remplis de quelque chose de plus profond qu'un simple enthousiasme d'enfant.

_ « J'ai compris que la liberté, ça ne vient pas de l'extérieur. Ça vient de l'intérieur. Et que parfois, pour être libre, il faut accepter d'être petit dans un grand monde, et se laisser guider par ce qu'il y a de plus fort en nous. »

Sa mère, bien qu'inquiète de son absence, fut touchée par la sagesse qui émanait de son fils. Elle savait qu'il avait vécu quelque chose de profond, quelque chose qu'elle ne pourrait jamais vraiment comprendre, mais elle le respectait. Après un long moment de silence, elle déposa sa main sur l'épaule d'Hugo, un geste simple mais plein de tendresse.

_ « Je suis heureuse que tu sois rentré. Et je suis fière de toi, même si je ne comprends pas tout ce que tu as vécu. Tu es devenu quelqu'un de différent, n'est-ce pas ? Il acquiesça, un léger sourire aux lèvres.

_ Oui, maman. Je suis différent. Mais je sais maintenant que je dois suivre mon propre chemin, même si je ne sais pas exactement où il me mène. »

Ils restèrent là un moment, dans la douce lumière du foyer, Hugo songeant à tout ce qu'il avait appris, à tout ce qu'il avait vu. L'aventure avec Obsiden n'était pas terminée. Non, elle venait à peine de commencer.

Les jours passèrent, et les saisons changèrent lentement, comme elles le faisaient toujours. Le printemps arriva et transforma les champs de neige en mer de fleurs sauvages. Les oiseaux chantaient dans les arbres, et les premiers rayons de soleil réchauffaient la terre. Hugo se rendait souvent à la lisière de la forêt, espérant apercevoir Obsiden. Mais chaque fois, le cheval restait introuvable. Pourtant, il ne s’inquiétait pas. Il savait qu’il n’avait pas besoin de le chercher activement. Le lien qui les unissait était plus profond qu’une simple rencontre physique. Le jeune homme savait que Obsiden serait toujours là, quelque part, dans les forêts, dans les montagnes, dans le vent. Et il serait toujours prêt à lui offrir un peu de sagesse quand il en aurait besoin.

Un après-midi, alors qu’il se promenait, dans la grande prairie derrière la maison, Hugo se souvint de tout ce qu’il avait vécu. Il se souvenait du premier jour où il avait vu Obsiden, du regard du cheval, de sa crinière noire flottant dans le vent, de sa manière de se mouvoir avec grâce et puissance. Et il se souvint de cette dernière aventure, dans les montagnes, où il avait découvert quelque chose en lui-même qu'il n'avait jamais imaginé. Obsiden ne lui avait pas seulement appris à comprendre la nature, il lui avait appris à se comprendre lui-même, à se donner la liberté de grandir et de s'épanouir à son propre rythme.

Un jour, alors que l'été touchait à sa fin et que les feuilles commençaient à prendre des teintes dorées, Hugo se rendit à l'endroit où il avait rencontré le cheval pour la première fois. C'était un endroit particulier, qu'il avait appris à reconnaître comme un sanctuaire silencieux. Là, il s'assit dans l'herbe haute, les yeux fermés, respirant l'air doux et parfumé, se remémorant tous les moments passés avec Obsiden.

Et c'est alors qu'il entendit un bruit léger, comme le souffle du vent, ou peut-être le bruit des sabots frappant le sol. Il ouvrit les yeux lentement, et vit Obsiden. Le cheval noir se tenait à l'orée de la forêt, ses yeux brillants fixés sur lui. Il n'y avait pas de bruit. Il n'y avait pas de mots. Juste un regard. Un regard qui disait tout. L'enfant se leva lentement, sans faire de bruit, s'approchant du cheval, tout en maintenant la distance respectueuse. Obsiden ne bougea pas, mais il inclina légèrement la tête, comme pour le saluer. Le garçon s'arrêta à quelques pas du cheval, tendit la main, et cette fois-ci, il sentit un courant de chaleur dans ses veines, une énergie douce, puissante, qui circulait entre eux. Il n'y avait plus de doute : leur connexion était réelle, et indestructible. Obsiden était bien plus qu'un cheval sauvage. Il était devenu un guide, un ami, une partie essentielle de la vie de Hugo.

Il ne tenta pas de monter sur son dos. Il se contenta de regarder le cheval, de sentir l'énergie qui l'entourait, de se perdre dans la beauté de l'instant. Ils restèrent ainsi pendant plusieurs minutes, juste là, ensemble, dans ce lieu empreint de paix. Puis, comme si tout cela faisait partie d'un cycle qu'il était inutile d'interrompre, Obsiden tourna les talons et s'éloigna dans la forêt. Hugo le suivit des yeux, le regardant s'éloigner jusqu'à ce qu'il disparaisse entre les arbres.

Il sourit, un sourire serein, un sourire qui disait tout ce qu'il ressentait. Une fois de plus, il avait compris une vérité profonde. Il savait que l'aventure, la véritable aventure, ne résidait pas dans les grands exploits, ni dans la recherche incessante du danger ou de l'inconnu. Non, la vraie aventure résidait dans la rencontre, dans la compréhension, dans le respect de la liberté et de l'esprit sauvage. Et dans cette rencontre avec Obsiden, Hugo avait trouvé quelque chose de bien plus précieux que tout, la connaissance de soi-même, et la liberté d'être pleinement vivant.

Il tourna les talons à son tour et, le cœur léger, rentra chez lui. Il savait qu'il n'aurait jamais à chercher plus loin pour trouver ce qu'il avait appris avec Obsiden. La véritable aventure était en lui, et il emporterait avec lui cette sagesse pour le reste de sa vie.

Les semaines passèrent, et l'automne arriva à grands pas, enveloppant la terre d'une couleur d'or et de rouge. Les champs se vidaient peu à peu de leur abondance, les arbres se déplumaient, et une brise fraîche portait l'écho des saisons changeantes. Hugo continuait sa vie, mais quelque chose avait définitivement changé en lui. Chaque matin, en se levant, il avait cette sensation nouvelle, celle d'une liberté retrouvée, une paix intérieure qu'il n'avait jamais connue auparavant.

Les journées étaient pleines de simples mais précieux moments. Il marchait à travers les forêts, observait les ruisseaux dévaler les pentes, écoutait le chant des oiseaux migrateurs et, parfois, il s'arrêtait simplement, sentant le vent jouer avec ses cheveux. Il n'avait plus de but précis. Le monde était devenu son terrain de jeu, son école, son sanctuaire. Et bien que le lien avec Obsiden fût toujours aussi fort, il ne ressentait plus le besoin constant de le voir. Leur relation était tissée dans les fils invisibles de la nature, un lien dont il n'avait pas besoin de chercher la confirmation. Il savait que le cheval noir, aussi libre et sauvage qu'il fût, serait toujours là, dans le souffle du vent, dans le chant de la rivière, dans la tranquillité du crépuscule.

Le temps passa encore. Hugo grandit, et son cœur s'alourdit d'une sagesse qui ne venait pas seulement de ses expériences, mais aussi des silences partagés avec Obsiden. Le cheval, tout comme la nature, lui avait enseigné qu'il n'y avait pas de place pour la hâte dans une vie bien vécue. La liberté n'était pas une destination, mais un état d'être. Chaque jour était une nouvelle chance de découvrir cette liberté intérieure, cette paix profonde qui naissait de l'acceptation de ce qui était.

Un matin, alors qu'il marchait lentement à travers les montagnes, les souvenirs de ses aventures avec Obsiden se firent plus clairs, plus vivants, comme si les leçons qu'il avait apprises prenaient racine au plus profond de lui. Il sourit doucement. Il savait qu'il n'avait jamais vraiment quitté Obsiden. Le cheval sauvage vivait désormais dans ses pensées, dans chaque souffle qu'il prenait, dans chaque décision qu'il faisait. Leur voyage, bien que silencieux et sans fin, continuerait pour toujours.

Car, pensa Hugo, la vraie liberté n'est pas celle de l'évasion, mais celle de l'acceptation du monde et de soi-même dans toute leur simplicité sauvage. Et c'était là, dans cet équilibre fragile mais éternel, qu'il avait trouvé sa place dans l'univers.

Au fil des mois qui suivirent la dernière rencontre d'Hugo avec l'étalon, une sensation de calme s'était installée dans la vallée où le garçon passait de plus en plus de temps. Il avait pris l'habitude de s'aventurer seul dans les bois, mais la neige, les ruisseaux et les champs n'étaient plus tout à fait les mêmes pour lui. L'âme du cheval semblait imprégnée dans chaque arbre, chaque pierre, chaque souffle du vent. Le garçon savait que le cheval sauvage veillait sur lui, même s'il ne le voyait pas toujours. Une présence subtile, mais omniprésente, lui donnait le courage d'affronter les défis de la vie quotidienne avec une sérénité nouvelle.

Un Matin de Découverte.

Un matin de printemps, après une nuit de pluie qui avait fait naître une brume épaisse au-dessus des collines, Hugo se leva tôt pour partir explorer les zones qu'il n'avait encore jamais osé visiter. Il enfila sa veste, attrapa son sac, et s'échappa en silence de la maison, excité par l'idée de ce nouveau territoire à découvrir. Le sol était encore détrempé, et l'odeur de terre mouillée flottait dans l'air. C'était une journée ordinaire en apparence, mais il avait l'intuition qu'elle serait différente. Une énergie singulière flottait dans l'air, une vibration subtile, presque imperceptible, comme si la nature elle-même s'apprêtait à révéler quelque chose d'exceptionnel.

En longeant un petit sentier étroit, presque caché par les buissons, il aperçut un mouvement furtif dans la lisière du bois. Un cheval. Pas Obsiden, pas le cheval noir qu'il connaissait si bien, mais une silhouette plus gracieuse, plus fine, une jument à la crinière ondulée et soyeuse, d'un brun presque doré, qui se tenait immobile, observant Hugo avec des yeux perçants. Son cœur s'emballa à la vue de l'animal. Il avait l'impression de découvrir une nouvelle dimension de ce monde sauvage qu'il avait appris à connaître. Cette jument, inconnue, semblait tout aussi majestueuse que Obsiden, mais elle dégageait une certaine douceur et une élégance naturelle.

Curieux, mais respectueux, Hugo s'approcha lentement, ne faisant aucun bruit, laissant chaque pas se fondre dans le paysage. La jument ne bougea pas. Ses grands yeux noirs brillaient d'une lueur d'intelligence, et son corps, recouvert de petites gouttes de pluie, semblait s'harmoniser avec les couleurs du paysage environnant. Il s'arrêta à quelques pas d'elle et patienta, retenant son souffle. Il savait que, tout comme Obsiden, il devait gagner la confiance de l'animal.

La jument finit par s'avancer d'un pas léger, reniflant l'air autour d'elle. Hugo se sentit tout à coup très petit face à sa grâce et à sa puissance tranquille. Il tendit la main, doucement, dans une tentative de communication silencieuse. À sa grande surprise, l'animal s'avança encore, effleurant sa paume du bout de son museau. Il sourit, un sourire sincère, rempli de gratitude. Il n'avait jamais ressenti une telle connexion avec un animal, un respect mutuel qui dépassait les mots. La jument, comme Obsiden, avait compris qu'il n'y avait aucune menace en lui, seulement une profonde admiration et un désir de partager un instant de communion avec elle.

Soudain, un bruit lourd se fit entendre derrière lui, une sorte de claquement de sabots qui résonna dans l'air calme. Hugo se tourna vivement et aperçut une silhouette familière. C'était Obsiden, son cheval, le grand étalon noir, qui avançait tranquillement entre les arbres, sa crinière flottant dans le vent léger. Il s'était approché de la jument, la regardant d'un air curieux, mais sans agressivité, son regard fixé sur elle avec une grande intensité. Il s'arrêta, comme s'il attendait quelque chose. Hugo sentit une tension dans l'air.

La jument, elle, semblait détendue, bien qu'elle n'ait pas détourné les yeux d'Obsiden. C'était comme si un lien invisible existait déjà entre eux, comme si quelque chose de profond et d'ancien se réveillait à cet instant. Obsiden fit un pas en avant, puis un autre, et tout à coup, il se tourna vers l'enfant, le regardant d'un air presque interrogateur. Hugo n'avait jamais vu Obsiden aussi calme, aussi serein, comme s'il savait que cette rencontre était inévitable. La jument fit alors un petit mouvement de tête, un geste presque imperceptible, avant de se tourner lentement vers le cheval noir.

Et là, dans la lumière douce de l'aube, les deux chevaux se rencontrèrent, leurs têtes se touchant légèrement, comme s'ils se saluaient après une longue séparation. Aucune lutte ni confrontation, juste une danse silencieuse, empreinte de respect et de curiosité. Hugo resta figé sur place, les yeux grands ouverts, émerveillé par la scène qui se déroulait devant lui. Il savait, au fond de lui, que ce moment était exceptionnel, quelque chose qu'il n'avait jamais imaginé. Il avait vu Obsiden et la jument se reconnaître, peut-être même se comprendre d'une manière que lui, un simple humain, ne pourrait jamais saisir complètement.

Les chevaux restèrent là, côte à côte, quelques instants, se reniflant, se touchant les naseaux, comme deux âmes sauvages qui se retrouvaient après un long voyage. Puis, sans un bruit, Obsiden se tourna et s'éloigna, la jument suivant son mouvement. Hugo, le cœur battant, les regarda s'éloigner dans le sous-bois. Ce moment de communion parfaite, de rencontre entre deux créatures sauvages, laissait une empreinte indélébile dans son esprit. Hugo comprenait que la nature n'était pas simplement faite d'individus solitaires, mais d'interconnexions invisibles, de liens qui se tissent entre les êtres, parfois de manière inattendue.

Au fil des jours qui suivirent cette rencontre, le garçon revint souvent dans la vallée, espérant apercevoir la jument, ou encore Obsiden. Mais ces moments étaient rares et précieux. Il savait qu'il n'aurait pas la chance de voir cette scène se répéter, mais cela ne le dérangeait pas. Il était plus sage maintenant. La rencontre de ces deux chevaux, leur respect et leur compréhension mutuels, était un secret que la nature lui avait confié. Ce secret allait au-delà des mots et des gestes : il était une leçon d'humilité, de patience et d'écoute. Hugo avait compris que la nature ne pouvait être capturée, mais seulement vécue, ressentie dans toute sa splendeur.

Une nouvelle rencontre.

Un matin brumeux, Hugo décida de retourner sur le sentier où il avait rencontré Auréa. La forêt était calme, enveloppée d'un silence presque solennel. Alors qu'il marchait lentement, savourant l'atmosphère apaisante, un bruit léger attira son attention. C'était un hennissement, doux et mélodieux. Il s'arrêta, tendant l'oreille. Le bruit se répéta, cette fois plus proche. Et là, entre les troncs des arbres, il aperçut Auréa.

La jument était seule cette fois, sa robe brun doré scintillant sous la lumière tamisée du matin. Elle le regarda avec une sérénité qui semblait lui murmurer qu'il était le bienvenu. Hugo resta immobile, le souffle court. Auréa s'avança lentement, ses mouvements gracieux trahissant une confiance naissante. Il tendit la main, et comme la première fois, elle s'approcha pour effleurer sa paume du bout de son museau.

Hugo sentit une chaleur douce l'envahir, comme une bénédiction silencieuse. Il comprit que cette rencontre n'était pas fortuite. Auréa semblait avoir quelque chose à lui transmettre, un message que seuls les cœurs attentifs pouvaient percevoir. Elle se tourna doucement et commença à marcher, jetant de temps en temps un regard en arrière, comme pour l'inviter à la suivre. Il hésita un instant, mais un instinct profond lui dit qu'il devait la suivre. Il se mit en marche derrière elle, écoutant le bruit de ses sabots sur le sol feutré de la forêt. Les arbres, hauts et majestueux, semblaient s'effacer pour laisser place à une lumière douce qui filtrait à travers la brume. La jument avançait avec une telle aisance, comme si elle connaissait chaque recoin de la forêt, chaque sentier caché sous la mousse et les feuilles tombées. Il la suivait sans un mot, perdu dans ses pensées. Il se sentait profondément connecté à la nature autour de lui, à cette forêt qu'il avait appris à aimer et à comprendre au fil des années. Et à travers la jument, il ressentait quelque chose de plus grand, quelque chose de mystique. Il savait qu'Auréa n'était pas simplement un animal, mais un symbole de liberté et de sagesse.

Au bout d'un moment, Auréa s'arrêta soudainement, se tournant vers Hugo avec une calme assurance. Elle était arrivée à un petit pré, entouré de fougères et de pierres recouvertes de mousse. C'était un endroit presque secret, un lieu qu'il n'avait jamais vu auparavant. Là, dans la lumière tamisée du matin, il aperçut quelque chose qui fit naître une boule d'émotion dans sa poitrine. Obsiden, l'étalon noir, se tenait au centre du pré, ses yeux brillants d'une sagesse infinie. Un sentiment de plénitude s'empara de Hugo, un mélange d'amour, de gratitude et de respect pour ces animaux qui, sans le savoir, avaient changé sa vie.

Auréa s'approcha alors de lui, et cette fois, elle ne se contenta pas de l'effleurer du bout du museau. Elle posa sa tête contre son épaule, d'un geste doux mais ferme, comme pour lui dire que sa place était ici, dans cette vallée, avec eux. Hugo sentit une chaleur profonde l'envahir, et une larme roula sur sa joue, qu'il essuya rapidement. C'était une larme de reconnaissance, de paix intérieure, de compréhension de ce que la nature et la liberté pouvaient offrir à l'âme humaine.

Il se leva lentement et s'avança vers Obsiden. Le cheval noir, majestueux, semblait l'attendre. Leurs regards se croisèrent, un silence lourd de signification entre eux. Il tendit la main, mais cette fois, ce n'était pas pour caresser. C'était un geste de respect, de gratitude, et de promesse. Obsiden, avec un geste élégant de la tête, accepta ce geste silencieux, puis se détourna pour rejoindre sa jument.

Hugo resta là un moment, les yeux fermés, écoutant les murmures de la forêt. La brume s'était dissipée, et la lumière du matin baignait désormais le pré d'une douce clarté. Il savait que, de quelque manière que ce soit, Auréa et Obsiden l'avaient conduit ici pour lui rappeler quelque chose de fondamental, que la vie était faite de moments précieux, de liens invisibles entre les êtres, et de la nécessité de protéger ce qui nous est cher.

Hugo se tourna une dernière fois vers les chevaux avant de partir. Un sourire espiègle illumina son visage, à la fois joyeux et apaisé. Il se sentait prêt à continuer sa vie, à reprendre son travail, mais il savait qu'il garderait ce moment gravé en lui, à jamais. Il savait aussi que, malgré la routine qui l'attendait, il reviendrait. La vallée, la forêt et les chevaux seraient toujours là, et il n'était qu'un voyageur parmi d'autres dans cette grande histoire de la nature.

En sortant du pré, il se retourna une dernière fois et aperçut Auréa et Obsiden qui s'éloignaient, leurs silhouettes se fondant dans l'horizon. Un vent léger souffla, portant avec lui l'écho de leurs hennissements. Hugo inspira profondément, un dernier souvenir de cette rencontre magique gravé dans son cœur, avant de se diriger vers la maison.

Quelques années plus tard...

Le garçon avait bien changé depuis les premiers jours où il avait rencontré Obsiden et la jument. L'adolescent qu'il était devenu n'avait plus le visage rond et l'air rêveur de l'enfant qui errait dans les montagnes à la recherche d'aventure. À présent, c'était un jeune homme de vingt-cinq ans, avec des épaules larges et un regard plus mature, mais son cœur était toujours celui du garçon qui avait appris à écouter les murmures de la forêt et à se connecter avec les créatures sauvages.

Les années avaient défilé, et après l'école, Hugo avait choisi de devenir apprenti chez un maréchal-ferrant, un métier qu'il avait appris à apprécier pour ses liens avec les chevaux. Le bruit de l'enclume et la chaleur du forgeage étaient devenus familiers, et il aimait l'idée de travailler de ses mains, de prendre soin des chevaux et de leur fournir les soins nécessaires pour qu'ils restent en bonne santé et forts. Mais bien que sa vie soit désormais rythmée par le bruit du fer et le travail dans l'écurie, une partie de lui n'avait jamais cessé de rêver de retrouver Obsiden et la jument. Chaque moment de pause, chaque instant de solitude, son esprit s'évaporait souvent vers les montagnes, vers cette vallée lointaine où il avait partagé une connexion profonde et magique avec ces deux chevaux sauvages.

Les années passaient, mais la mémoire de cette rencontre restait vivace dans son esprit. Hugo n'avait jamais oublié le regard des chevaux, ni la manière dont ils l'avaient appris à voir le monde autrement. Ces souvenirs avaient formé une partie de lui-même, un monde secret et intime qu'il chérissait. Pendant ses vacances, il revenait toujours dans la forêt, espérant y retrouver Obsiden, ou peut-être la jument. Mais à chaque fois, la forêt restait calme, presque implacable dans son silence, et ses efforts pour retrouver les chevaux semblaient vains. Pourtant, il n'abandonnait jamais l'espoir, car quelque chose dans son cœur lui disait qu'il les reverrait un jour.

Ce matin-là, après plusieurs mois de travail acharné dans l'atelier de forge, le jeune homme décida de retourner dans les montagnes, comme il le faisait régulièrement depuis ses dix ans. La chaleur de l'été était maintenant arrivée, et la forêt, dense et mystérieuse, l'appelait. Le soleil brillait haut dans le ciel, réchauffant la terre encore humide de la pluie récente. Hugo avait soigneusement préparé son sac avec quelques provisions, un couteau de poche et des vêtements adaptés à la marche. Après une brève discussion avec son patron, il monta sur son vélo, les roues crissant sous la poussière du chemin, et se dirigea vers la vallée.

Le paysage avait changé au fil des années. Loin des étés dorés et des hivers blancs de son enfance, il voyait désormais un paysage plus vaste, plus mature, qui avait changé à la fois à cause de l'érosion naturelle et de l'humain. Mais la forêt, elle, restait la même. Il y avait quelque chose de sacré dans ce lieu, une aura de tranquillité et de puissance qui semblait résister à toute forme de changement. Il se sentait de plus en plus connecté à cette nature sauvage, au fur et à mesure de ses visites, comme si la forêt elle-même devenait un miroir de son évolution.

Ce jour-là, alors qu'il avançait prudemment à travers la forêt, Hugo ressentit une étrange sensation. Une sensation qui n'était pas nouvelle, mais qui devenait plus intense avec le temps : un sentiment d'être observé, un regard invisible posé sur lui, comme une présence qui le suivait sans qu'il n'ait à la chercher. Il se tourna alors brièvement, le vent effleurant son visage, mais rien ne semblait bouger. Pourtant, au fond de lui, il savait. Il savait que quelque chose était différent. Un changement subtil, presque imperceptible, mais présent. C'était comme si la forêt elle-même avait changé, ou plutôt, comme si lui, avait changé, et que cela réveillait des forces anciennes, des souvenirs enfouis.

Cela faisait des années qu'il n'avait pas vu Obsiden ou la jument, mais il n'avait jamais cessé de croire qu'ils étaient là, quelque part. Peut-être pas là où il les avait rencontrés, mais dans les montagnes, à l'abri du monde humain. Son esprit vagabonda à cette pensée alors qu'il s'enfonçait un peu plus profondément dans les bois, espérant secrètement voir la silhouette noire de l'étalon apparaître au détour d'un sentier. Mais la forêt semblait silencieuse, comme toujours, et la seule chose qui résonnait dans l'air était le chant lointain des oiseaux et le murmure des feuilles sous la brise légère.

Hugo marcha pendant des heures, jusqu'à ce que la lumière du jour commence à se faire plus douce, baignant la forêt d'une lueur dorée. Il s'arrêta un instant pour se reposer, assis sur une vieille souche d'arbre, observant le paysage qui s'étendait devant lui. Ses pensées étaient pleines de lointains souvenirs et de cette connexion qu'il n'avait jamais oubliée. Il se sentait plus adulte maintenant, plus sage, mais une partie de lui, une grande partie, restait un jeune garçon qui rêvait de retrouver son ami, le cheval noir. Une partie de lui se demandait si Obsiden se souvenait de lui, ou si, dans le grand cycle de la nature, il avait simplement disparu, comme tant d'autres créatures sauvages.

C'est alors qu'il entendit un bruit léger, presque inaudible. Un souffle. Un bruissement dans les buissons. Un cri d'animal, mais ce n'était pas un oiseau. Hugo se leva d'un bond, son cœur battant dans sa poitrine. Il scruta les ombres de la forêt, le regard affûté. Puis, soudain, il aperçut quelque chose qui fit sauter son cœur dans sa gorge : une silhouette noire, massive, qui s'avançait lentement entre les arbres. Le cheval se tenait là, non loin de lui, majestueux et grand, comme une ombre vivante dans la lumière déclinante de l'après-midi. Son regard brillant, comme une flamme dans l'obscurité, se posa sur Hugo, et pendant un instant, tout le reste du monde sembla se figer. Le temps, la forêt, les saisons, tout s'éteignit autour de lui. Il n'y avait plus que le cheval, Obsiden, et lui. La reconnaissance mutuelle, sans mots, mais plus forte que tout.

Hugo ne bougea pas. Il savait qu'il ne devait pas briser la magie de ce moment. Il patienta, la respiration figée, pendant que Obsiden avançait lentement vers lui. Le cheval s'arrêta à une distance respectueuse, son regard le fixant avec une intensité que le jeune homme n'avait jamais oubliée. Une lueur de compréhension passa entre eux, comme une énergie invisible qui circulait dans l'air. Il n'y avait pas de joie excessive, ni d'excitation. Il n'y avait que la paix, un instant d'harmonie parfait entre deux âmes liées par la nature elle-même.

Puis, sans un bruit, Obsiden tourna lentement les talons et s'éloigna. Hugo le suivit des yeux, et une sensation étrange envahit son cœur. Ce n'était pas une tristesse. C'était une forme de reconnaissance silencieuse, un sentiment de réalisation, comme si la rencontre qu'il attendait depuis toutes ces années avait enfin été concrétisée. Il se sentait serein, même si Obsiden disparaissait à nouveau dans les profondeurs de la forêt. La scène, bien que brève, lui avait apporté une paix qu'il n'avait pas connue jusque-là.

Le jeune homme resta là un long moment, le regard fixé sur l'endroit où Obsiden avait disparu, pensant à tout ce qu'il avait appris au cours de ces années. Il avait grandi, bien sûr. Il était devenu un jeune homme respecté dans son métier, mais il n’avait jamais cessé de rêver de cette connexion avec la nature, et avec ces chevaux. Et maintenant, il savait que tout avait un sens. Leur rencontre n’était pas simplement le fruit du hasard, mais une partie d’un cycle plus grand. Une connexion qu’il portait en lui pour toujours.

Lorsqu'il se leva pour partir, un léger sourire se dessina sur son visage. Le monde, malgré son rythme effréné et ses changements constants, conservait des mystères qu’il ne comprendrait jamais tout à fait. Mais il savait une chose : il n’avait jamais été seul.

Hugo, un homme respecté dans son travail.

À vingt-cinq ans, il était devenu un jeune homme respecté, aimé de ses proches et admiré pour son dévouement envers les chevaux. Mais malgré tout, il gardait une partie de lui tourner vers le passé, vers cette vallée lointaine où deux chevaux sauvages lui avaient enseigné les plus grandes leçons de sa vie. Il n'avait pas revu Obsiden depuis ce jour dans la forêt, mais cela ne le dérangeait plus. Le cheval noir vivait en lui, dans chaque pas qu'il faisait, dans chaque action empreinte de patience et de respect. Et qui sait ? Peut-être qu'un jour, dans un coin reculé des montagnes, leurs chemins se croiseraient à nouveau.

En attendant, Hugo continuait à avancer, fort de ce lien profond avec la nature, ses amis et son travail. Il n'était plus seulement un rêveur. Il était un bâtisseur d'histoires, un homme qui transformait ses souvenirs en force et ses passions en chemin de vie.

Après sa dernière rencontre avec Obsiden dans la forêt, il avait senti un vide dans son quotidien, mais aussi une étrange certitude : il devait se construire une vie où cette connexion profonde avec les chevaux aurait une place centrale. Il n'avait pas encore de plan précis, mais une chose était claire : il voulait travailler avec ces créatures majestueuses qui l'avaient tant fasciné.

C'est dans ce contexte qu'il avait décidé de devenir apprenti maréchal-ferrant. Le métier semblait évident. Il se souvenait des sabots d'Obsiden, de leur solidité et de la manière dont le cheval se mouvait, libre et puissant. Il voulait comprendre cette harmonie entre l'animal et ses appuis. Lorsqu'il s'était présenté à l'atelier de Pierre Laville, ce dernier avait hésité un instant en le voyant. Le jeune homme semblait frêle pour un métier exigeant, mais il avait dans le regard une détermination qui avait convaincu le vieux maréchal.

_ « Tu veux devenir maréchal-ferrant, toi ? » avait demandé Pierre en croisant les bras, sceptique.
_ « Oui, Monsieur. Je suis prêt à apprendre, et je ne lâcherai pas, » avait-il répondu, d'un ton ferme. Pierre avait souri en coin.

_ « Très bien, on verra combien de temps tu tiens. »

Les premières semaines furent difficiles. Hugo n'était pas habitué au travail physique, et le poids des outils, combiné à la chaleur de la forge, mettait ses nerfs et son corps à rude épreuve. Mais il ne se plaignait jamais. Chaque soir, il rentrait chez lui épuiser, les muscles douloureux, mais satisfait d'avoir appris quelque chose de nouveau. Un jour, alors qu'il observait Pierre ferrer un cheval, Hugo osa poser une question,

_ « Pourquoi ce cheval semble-t-il plus nerveux aujourd'hui ? Pierre, surpris par la pertinence de la remarque, haussa un sourcil.

_ Tu as l'œil. Ce n'est pas son jour, on dirait. Peut-être un problème au niveau du sabot, ou juste une mauvaise nuit. »

Intrigué, Hugo se pencha doucement vers l'animal, posant une main sur son flanc. Il parla doucement, des paroles simples et apaisantes, presque instinctives. À la surprise de Pierre, le cheval cessa de bouger et se laissa ferrer sans broncher.

_ « Eh bien, tu as un don, mon garçon, déclara Pierre en riant. Si tu continues comme ça, tu finiras par me remplacer. »

Hugo ne répondit que par un sourire timide, mais ce moment marqua un tournant. Il comprit qu'il ne s'agissait pas seulement de ferrer des chevaux, mais de les comprendre, de gagner leur confiance. Chaque animal était unique, et le jeune homme s'efforçait de s'adapter à chacun, ce qui impressionnait Pierre et les clients de l'atelier.

Malgré ses progrès, il y avait des jours où Hugo doutait. Les heures étaient longues, le travail, éreintant, et il lui arrivait de se demander s'il avait fait le bon choix. Mais à chaque fois qu'un cheval nerveux retrouvait son calme sous ses mains, ou qu'il voyait l'animal marcher confortablement grâce à un ferrage bien ajusté, il savait qu'il était à sa place.

Il travaillait dur à l'atelier du maréchal-ferrant, et ses efforts ne passaient pas inaperçus. Son patron, Pierre Laville, un homme robuste aux cheveux grisonnants, l'avait pris sous son aile dès le début de son apprentissage. Pierre voyait en lui un jeune homme sérieux et déterminé, avec un profond respect pour les chevaux et la nature.

_ « Tu as un don, Hugo, » lui disait souvent Pierre en l'observant ferrer un cheval avec patience et habileté. « Ce n'est pas juste un métier pour toi. Tu comprends ces bêtes mieux que quiconque. » Un peu gêné par les compliments, il haussait les épaules avec un sourire modeste. Mais en vérité, il aimait ce qu'il faisait. Il aimait le son du marteau frappant le fer rougeoyant, l'odeur du cuir et du métal, et surtout, il aimait le contact avec les chevaux, qu'il considérait presque comme ses égaux. Son patron, voyant ses progrès fulgurants, lui confiait de plus en plus de responsabilités à l'atelier. Malgré ses journées bien remplies, Hugo avait su se créer un cercle d'amis proches. Parmi eux, il y avait Mathieu, un garçon jovial et bavard qui travaillait comme palefrenier dans une écurie voisine, et Clémence, une jeune femme passionnée par les chevaux et la photographie. Ils passaient souvent leurs soirées à discuter autour d'un feu de camp ou à monter à cheval ensemble dans les champs environnants.

Clémence, toujours équipée de son appareil photo, aimait capturer Hugo en pleine action ou pendant leurs promenades. Elle ne se lassait pas d'immortaliser la connexion instinctive qu'il semblait avoir avec les chevaux.

_ « On dirait que tu leur parles par télépathie, avait-elle lancé en souriant, en lui montrant un cliché où il tendait calmement la main à un cheval nerveux.

_ Peut-être bien, avait-il répondu en riant. Mais si c'est le cas, ce ne sont pas mes mots qu'ils entendent, ce sont les leurs. »

La fierté d'un père.

Un soir d'été, à l'approche de la retraite d'Antoine, père et fils se retrouvaient dans l'atelier familial, un lieu où Hugo avait grandi. L'odeur du métal chauffé, du bois brûlé et des étincelles se mêlait à la poussière des années passées à façonner le fer. Les outils, usés par des décennies de travail, étaient soigneusement rangés sur les étagères. Hugo connaissait chaque recoin de cet atelier. Depuis son enfance, il avait vu son père marteler le fer, forger des fers à cheval et réparer les outils des fermiers de la région. Un métier de forge, une tradition familiale qui semblait couler dans leurs veines, un travail dur, mais noble. Pourtant, il savait qu'un jour il devrait assumer cet héritage.

La lumière du soir, douce et tamisée, filtrait à travers la fenêtre poussiéreuse, projetant des ombres longues sur les murs de l'atelier. Hugo se tenait devant l'enclume, un marteau à la main, mais il s'était arrêté, perdu dans ses pensées. Antoine, assis dans une vieille chaise en bois, l'observait en silence. Il savait que son fils allait lui poser des questions sur l'avenir, sur la direction que prendrait l'atelier après sa retraite.

_ « Papa, tu sais que je vais reprendre l'atelier bientôt ? » demanda Hugo, sa voix calme mais marquée par un poids de réflexion.

Il avait suivi la voie tracée par son père, il avait appris le métier et en avait fait sa propre vocation. Mais quelque chose en lui disait que la voie des chevaux sauvages, de la nature et de la liberté l'attirait encore plus. Il avait l'impression de devoir honorer l'héritage de son père, mais aussi de trouver un équilibre entre ce qu'il aimait et ce que l'on attendait de lui.

Antoine se leva lentement, ses vieux os grésillant sous le poids des années. Il s'approcha de son fils et posa une main ferme mais douce sur son épaule. Une main qui portait le poids des souvenirs, du travail acharné et de la transmission. Il l'observa, son regard empli d'une fierté tranquille.

_ « Tu sais, dit-il, d'une voix plus douce que d'habitude. J'ai passé ma vie à marteler le fer, à réparer des fers à cheval, à préparer les chevaux pour les fermiers. Je croyais que ça faisait un homme. Qu'un homme devait savoir prendre sa place dans ce monde, être utile. Mais j'ai vu en toi quelque chose de plus grand que tout ça. Une passion que je ne comprenais pas au début, mais que je respecte aujourd'hui. »

Hugo tourna son regard vers son père, un mélange de gratitude et d'hésitation dans les yeux. Il savait que son père n'était pas un homme à exprimer ses émotions facilement. Mais ces mots, simples et sincères, avaient un poids particulier. Il attendait la suite, l'espoir que son père allait comprendre.

_ « Quand tu étais petit, je t'ai poussé à devenir un homme d'action. Je pensais que tu devais faire ce que j'avais fait. J'ai voulu que tu sois fort, stable, comme le fer qu'on forge. Et puis, j'ai vu que tu avais choisi une autre route. Ce n'est pas celle que j'aurais voulue pour toi, mais… je vois que ça te rend heureux. Et ça, je n'ai jamais eu ce courage. »

Antoine marqua une pause, son regard se perdant dans un souvenir lointain.

_ « Et aujourd'hui, je suis fier de toi. Parce que tu es plus épanoui que je ne l'ai jamais été dans ce que je faisais. Peut-être que ce n'est pas le chemin que j'aurais choisi, mais tu as trouvé ce qui te fait vibrer. Et ça, c'est ce qui compte. »

Le jeune homme baissa les yeux, ému par ces paroles. Il n'avait jamais pensé entendre cela de la part de son père, un homme qui avait toujours vécu dans l'ombre du travail physique, dans la dureté de l'acier. Ces mots étaient comme une bénédiction, un poids en moins. Mais il se sentait aussi tiraillé.

_ « Mais, papa… murmura-t-il en levant les yeux, Je veux aussi honorer ce que tu as fait pour nous, pour la famille. L'atelier… il fait partie de nous. C'est notre histoire. Je ne sais pas si je peux simplement l'abandonner. »

Antoine sourit doucement, un sourire empreint de compréhension.

_ « Tu n'as pas à abandonner, mon fils. Ce que tu fais avec les chevaux, c'est un travail tout aussi noble, peut-être même plus que ce qu'on a fait ici. Mais l'atelier… il sera toujours là, c'est ton héritage aussi. Tu as ton propre chemin à tracer, mais il n'est jamais trop tard pour revenir ici si tu le veux. Il fit une pause, regardant les étagères remplies de fers à cheval. Souviens-toi, ce que tu fais avec les chevaux, c'est aussi une forme de forge, mais dans la liberté. »

Un silence s'installa, lourd de compréhension. Hugo se sentit soudainement plus léger, comme si une partie de lui avait trouvé sa place. Son père lui avait donné la liberté de suivre sa voie tout en respectant l'héritage qu'il portait.

_ « Je te promets, papa, que l'atelier ne disparaîtra pas. Mais je veux aussi contribuer à la préservation des chevaux sauvages, de la vallée… dit-il d'une voix pleine de conviction. Je veux que ces chevaux continuent à vivre en liberté, à retrouver leur place dans cette nature qui leur appartient. »

Antoine acquiesça lentement, une lueur d'admiration dans ses yeux.

_ « Je sais que tu y arriveras. Et n'oublie pas que ce n'est pas la fin, c'est juste un nouveau chapitre. » Il posa une dernière fois une main sur son fils.

Hugo sourit, réconforté. Il savait que, même s'il avait dû choisir une voie différente de celle de son père, il n'était pas seul. Leur lien, fait de respect et d'amour silencieux, resterait toujours aussi fort. Ils se comprenaient maintenant mieux que jamais, et Hugo savait que, peu importe où il allait, son héritage, tout comme son père, l'accompagnerait à chaque étape de sa vie.

Hugo avait grandi avec la forêt comme terrain de jeu et sanctuaire. Ses meilleurs souvenirs étaient liés à cet endroit sauvage, particulièrement à Obsidien, l'étalon noir qu'il considérait comme un ami. Mais Obsidien n'était pas seul : il vivait avec une harde de chevaux sauvages qui galopaient librement sur les prairies et les collines boisées qui entouraient le village. Hugo les observait souvent, fasciné par leur grâce et leur indépendance. Chaque galopade semblait porter un message : la liberté n'avait pas de prix.

Un matin, en rentrant du travail Hugo trouva sa mère plongée dans une discussion animée avec un voisin.

— « Ils veulent acheter tout le domaine des collines pour construire une station de ski, dit-elle, inquiète.

— Quoi ? s'exclama Hugo. Mais c'est là que vivent les chevaux sauvages » ! La nouvelle le bouleversa.

Il apprit qu'AlpinCorp, une grande société, avait fait une offre alléchante au propriétaire des terres pour transformer la région en station de ski. Les bulldozers viendraient raser les arbres, et les chevaux sauvages seraient chassés. L'idée de perdre cet endroit et de voir Obsidien et sa harde forcée à fuir était insupportable. Pour Hugo, ce n'était pas seulement une question d'environnement, mais une lutte pour la préservation de la magie même de son enfance.

Hugo décida qu'il ne resterait pas les bras croisés. Avec l'aide de sa meilleure amie Clémence, il se plongea dans des recherches. Ils apprirent que les chevaux sauvages étaient une espèce protégée et que leur habitat devait être préservé. Mais prouver que la forêt était essentielle pour eux ne serait pas simple.

— « On doit montrer au propriétaire que ces terres ont plus de valeur intacte qu'avec une station », dit Clémence.

Hugo eut une idée. Ils organiseraient une campagne pour mobiliser les habitants du village. Ils créèrent des affiches colorées, parlèrent aux voisins et lancèrent une pétition. Les journées devinrent un tourbillon d'activités, convaincre les sceptiques, répondre aux questions, et rallier des alliés. Hugo convainquit même son ancien professeur de biologie de visiter la forêt pour documenter la faune unique de la région. Peu à peu, le village se réveilla à l'importance de préserver ces collines. Les personnes âgées se souvenaient des légendes liées à ces terres, tandis que les plus jeunes se prenaient de passion pour les histoires d'Obsidien racontées par Hugo. La forêt devenait un symbole de résistance et d'unité.

Un jour, en explorant les collines, Hugo trouva un groupe d'hommes en costume discutant avec le propriétaire des terres. Parmi eux se trouvait un représentant d'AlpinCorp. Hugo, bien que nerveux, n'hésita pas :

— « Vous ne pouvez pas faire ça ! Cette forêt est la maison des chevaux sauvages. L'homme en costume lui sourit froidement.

— Ces chevaux peuvent vivre ailleurs, jeune homme. Ce projet va apporter de l'argent et des emplois au village. C'est le progrès.

Hugo serra les poings.

— Mais vous détruisez ce qui rend cet endroit spécial. Les chevaux ne peuvent pas être déplacés comme ça. »

Le propriétaire hésita, visiblement troublé par la passion d'Hugo. Une conversation s'engagea, mais Hugo sentit que ses mots seuls ne suffiraient pas.

Hugo savait qu'il devait frapper plus fort. Avec Clémence, il contacta une organisation de protection de l'environnement. Ensemble, ils planifièrent une grande manifestation pour sensibiliser les médias et amplifier leur message. Le jour de la manifestation, une foule se rassembla près des collines. Des journalistes étaient présents, attirés par l'histoire d'un jeune homme qui se battait pour protéger des chevaux sauvages. Hugo, nerveux mais déterminé, monta sur une souche d'arbre pour s'adresser à la foule.

— « Obsidien et sa famille ont le droit de rester libres. Cette forêt n'est pas juste un endroit pour construire des pistes de ski. C'est une maison, un refuge, et elle est précieuse pour nous tous ».

Sa voix trembla un instant, mais les applaudissements l'encouragèrent. La foule scanda des slogans, tenant des pancartes qui proclamaient : « Pas de station sur nos collines » et « La liberté d'Obsidien est la nôtre ». Le message était clair : les habitants étaient prêts à défendre leur patrimoine naturel.

Quelques jours plus tard, la nouvelle tomba : le propriétaire avait décidé de refuser l'offre d'AlpinCorp. La pression médiatique, la mobilisation du village et les arguments des écologistes avaient changé la donne. Une réserve naturelle allait être créée pour protéger officiellement les terres. Hugo, bouleversé de joie, courut jusqu'aux collines pour partager cette victoire. Obsidien apparut entre les arbres, fier et majestueux, comme s'il comprenait ce qui venait de se passer. Hugo posa une main sur son flanc lustré par la lumière du soleil.

— « C'est ta maison, Obsidien. Et elle le restera ».

Ce jour-là, Hugo comprit qu'il venait de vivre une aventure qui marquerait sa vie. Il avait appris que protéger ce qui compte demandait du courage et de la persévérance, mais que cela en valait toujours la peine. La forêt, les chevaux et Obsidien étaient sauvés, et avec eux, un morceau de liberté irremplaçable. □

Dans les jours qui suivirent la victoire, Hugo sentit une immense fierté se propager parmi les habitants du village. Les anciens, émus par le courage du garçon, partagèrent des récits sur les origines des chevaux sauvages et leur lien avec la forêt. Ils racontèrent que les ancêtres d'Obsidien avaient été amenés dans la région par des tribus nomades, qui considéraient ces collines comme sacrées. Hugo écoutait avec attention, réalisant que la victoire n'était pas seulement un triomphe pour lui ou pour les chevaux, mais pour l'héritage d'une communauté tout entière. Cela renforça son engagement à protéger la forêt pour les générations futures.

Avec l'annonce de la création de la réserve naturelle, Hugo et Clémence décidèrent de continuer à s'impliquer. Ils aidèrent à organiser des ateliers éducatifs pour sensibiliser les jeunes à la biodiversité locale. Avec l'aide de leur professeur de biologie, ils mirent en place des sentiers balisés pour permettre aux visiteurs d'observer les chevaux et d'autres espèces sans perturber leur habitat. Ces initiatives rassemblèrent les villageois autour d'un objectif commun : transformer la forêt en un exemple de coexistence harmonieuse entre l'homme et la nature.

Clémence devint une alliée incontournable dans cette nouvelle phase. Elle possédait un talent pour dessiner et se mit à illustrer les scènes de la vie dans la forêt : Obsidien galopant au crépuscule, la harde broutant paisiblement, et les enfants jouant sous les grands chênes. Ces dessins furent utilisés pour créer des panneaux explicatifs dans la réserve et même pour un livre pour enfants qu'elle et Hugo publièrent ensemble. Les bénéfices du livre furent reversés pour soutenir la gestion de la réserve, renforçant l'idée que la nature pouvait prospérer grâce à une communauté unie.

Rapidement, la forêt protégée attira des visiteurs curieux venus de loin. Certains voulaient simplement admirer les chevaux sauvages, tandis que d'autres cherchaient une échappatoire à leur quotidien urbain. Les touristes respectueux étaient les bienvenus, et les fonds collectés grâce à leurs visites furent utilisés pour entretenir les sentiers et financer des projets éducatifs. Hugo et Clémence se firent guides à temps partiel, racontant l'histoire d'Obsidien et de leur combat pour la liberté. Ils inspiraient des visiteurs de tous âges à se battre pour la préservation de leurs propres espaces naturels.

Le combat d'Hugo et de son village devint un exemple national. Des documentaires furent réalisés, mettant en lumière l'importance des jeunes dans la défense de l'environnement. Hugo fut invité à parler dans des écoles et des conférences. Même s'il se sentait parfois dépassé, il comprit que son histoire pouvait inspirer d'autres à agir. "Si nous avons pu sauver notre forêt, d'autres peuvent sauver la leur", disait-il souvent. Sa modestie et sa détermination devinrent une source d'espoir dans un monde où les batailles écologiques semblaient parfois perdues d'avance.

Un soir, alors que le soleil se couchait sur les collines, Hugo retourna à l'endroit où il avait rencontré Obsidien pour la première fois. Il s'assit sur un rocher, observant la harde qui galopait dans une harmonie parfaite. Obsidien, comme s'il le reconnaissait, s'approcha lentement et posa sa tête contre l'épaule du garçon. Hugo ressentit une profonde gratitude. Ce combat avait changé sa vie, mais aussi celle des autres habitants. Plus qu'une victoire pour la forêt, c'était une victoire pour les liens invisibles qui unissent les hommes, les animaux et la terre qu'ils partagent.

Hugo ressentait l'appel de sa terre natale, un besoin viscéral de retrouver cette forêt qui l'avait vu grandir et ces montagnes qui gardaient ses secrets. Après des années de travail acharné, ses muscles et son esprit réclamaient une pause. Il prit donc quelques jours pour se retirer chez ses parents, là où tout avait commencé. En approchant de la maison familiale, il fut saisi par une douce nostalgie. Les volets bleus délavés par le temps, la cheminée qui fumait doucement dans l’air froid, et le grand chêne sous lequel il avait passé tant d’étés à rêver lui rappelaient une simplicité qu’il avait perdue dans l’effervescence de sa vie adulte. Il savourait chaque instant passé dans la maison de son enfance. Les discussions animées avec son père à propos des nouvelles du village, les repas copieux préparés par sa mère, et les moments de silence partagés près du feu. Il retrouvait le goût du café fumant au petit matin, avec le chant des oiseaux comme seul bruit environnant.

Un matin, il se leva avant l’aube, enveloppé dans une couverture épaisse. Il ouvrit la porte qui donnait sur le jardin et inspira profondément l’air glacé. Une fine couche de givre recouvrait le sol, scintillant sous les premières lueurs du soleil. Ce calme était d'une pureté qu'il avait presque oubliée. « La forêt m'attend », murmura-t-il à lui-même, les yeux fixés sur la ligne d'arbres à l'horizon.

Le chemin vers la vallée était à la fois familier et différent. La nature avait repris ses droits en son absence, avec des branches plus basses et des sentiers envahis par la mousse. Mais chaque arbre, chaque ruisseau portait l'empreinte de ses souvenirs. Il avançait lentement, absorbant chaque détail. La neige craquait sous ses pas, un son à la fois doux et rassurant. L'air froid mordait ses joues, mais une chaleur étrange réchauffait son cœur. C'était comme si la forêt elle-même l'accueillait à nouveau, reconnaissant son retour.

Chaque souffle de vent semblait chuchoter des histoires, des secrets qu'il avait entendus enfant mais qu'il comprenait mieux aujourd'hui. Ce n'était plus seulement un lieu. La forêt était une entité vivante, vibrante, et Hugo se sentait connecté à elle comme jamais auparavant. Lorsqu'il atteignit enfin la vallée, il s'arrêta net, sa respiration suspendue. L'endroit était encore plus beau qu'il ne s'en souvenait. Les collines recouvertes de neige s'étendaient à perte de vue, et la lumière du soleil déclinant peignait le paysage de teintes dorées.

Il s'assit sous un grand sapin, laissant son regard errer sur cette scène paisible. Des souvenirs revinrent en lui avec une clarté surprenante : Obsiden galopant à travers la vallée, la jument grise veillant avec une sagesse presque humaine. Une vague d'émotion le submergea. Il se souvenait de la sensation de leurs souffles tièdes contre sa main, de leurs regards qui semblaient percer jusqu'à son âme Hugo ferma les yeux un instant, laissant ces souvenirs l'envelopper. Il murmura un remerciement silencieux à ces créatures qui lui avaient tant appris, non seulement sur la nature, mais sur lui-même. Alors qu'il rouvrait les yeux, un mouvement attira son attention. À l'autre bout de la vallée, une silhouette sombre se découpait contre la lumière. Son cœur se serra. Était-ce possible ?

La silhouette se rapprocha lentement. C'était un cheval, grand, noir, avec une allure majestueuse. Hugo reconnut immédiatement la démarche fluide et puissante d'Obsiden. L'étalon semblait avoir vieilli, son pelage légèrement grisonnant autour du museau, mais sa présence était intacte, imposante et sereine. Il resta immobile, presque hypnotisé.

Obsiden avançait avec une lenteur calculée, ses yeux fixés sur lui. Lorsqu'il fut à quelques mètres, l'étalon s'arrêta. Leur regard se croisa, et dans ce silence, il y avait tout un langage, une compréhension mutuelle. Hugo s'approcha doucement, tendant la main comme il l'avait fait autrefois. Obsiden baissa légèrement la tête, lui permettant de poser une main tremblante sur son front. « Tu es encore là… » murmura-t-il, la voix cassée par l'émotion. L'étalon ferma brièvement les yeux, comme s'il acceptait ce moment, puis il recula doucement, invitant Hugo à le suivre.

Le Temps Écoulé.

Quarante années avaient passé comme un fleuve tranquille, parfois tumultueux, mais toujours fidèle à son cours. Hugo, désormais un homme accompli, portait sur ses épaules le poids doux-amer du temps. La vie l'avait façonné, durci par moments, adouci à d'autres, mais toujours avec cette étincelle en lui, celle qu'il avait nourrie dans son enfance, au cœur de la forêt, auprès des chevaux sauvages. Ses parents n'étaient plus là, emportés par les vents inéluctables du destin, mais leur présence vivait encore dans chaque souvenir, chaque pierre du chemin qui menait à leur vieille maison.

Hugo avait trouvé un nouvel équilibre. Maréchal-ferrant passionné, il était aussi marié à Claire, une femme au sourire lumineux et à l'âme aussi vaste que les cieux d'été. Ensemble, ils avaient un fils, Noam, dix ans à peine, mais débordant de vie et d'une curiosité insatiable. Il voyait en lui un reflet de l'enfant qu'il avait été, et il nourrissait un rêve. Transmettre à son fils l'amour de la nature, des forêts et des chevaux, avec l'espoir secret de peut-être croiser à nouveau le chemin d'Obsiden, ce compagnon sauvage de ses jeunes années.

Ce matin-là, le soleil se levait doucement au-dessus des collines, baignant le paysage d'une lumière dorée. Hugo conduisait sur les routes sinueuses de son enfance, Noam assis à l'arrière, le nez collé à la vitre.

_ « Regarde, papa, un cerf ! » cria le garçon avec enthousiasme en pointant un majestueux animal bondissant à l'orée du bois.

La magie de ces lieux opérait déjà sur son fils, et cela réchauffait son cœur. La vieille maison familiale apparut enfin, nichée au milieu des hautes herbes et bordée de bosquets. Ses pierres usées, couvertes de mousse et de lierre, semblaient porter le poids du temps avec dignité. Le garçon sauta hors de la voiture avant même qu'elle ne soit complètement arrêtée, courant en direction du vieux pommier qui trônait toujours près de la maison.

_ « Papa, c'est vrai que tu grimpais dans cet arbre quand tu étais petit ? » demanda-t-il, les yeux brillants.

Hugo hocha la tête, une nostalgie douce-amère l'envahissant. Il se souvenait des heures passées à rêver sous ses branches, le vent murmurant des promesses d'aventures lointaines.

À l'intérieur de la maison, l'odeur familière du bois ancien et des souvenirs le submergea. Hugo se dirigea vers la bibliothèque, ses doigts effleurant les couvertures des vieux livres. Il trouva un ouvrage qu'il chérissait particulièrement, **L'éveil de la nature**, et l'ouvrit pour retrouver les dessins et les textes qui avaient nourri son émerveillement autrefois. Noam s'approcha, curieux.

_ « Tu lis quoi, papa ? demanda-t-il. Hugo s'agenouilla pour être à sa hauteur et lui montra les illustrations.

_ C'est un livre sur la nature. Il m'a appris à comprendre que chaque arbre, chaque pierre a son rôle dans ce monde. Tu veux qu'on aille dehors explorer ? »

Les yeux du garçon s'illuminèrent, et en un instant, il était déjà à la porte, prêt pour l'aventure. Hugo sourit. Ensemble, ils parcoururent les champs et les bois autour de la maison. Chaque pierre, chaque feuille était une découverte. Hugo racontait des histoires : celle d'un renard rusé qu'il avait suivi un jour, ou celle d'un cheval sauvage qu'il avait apprivoisé sans jamais le dompter.

Noam écoutait, suspendu à ses lèvres, mais il posait aussi mille questions, ses yeux s'ouvrant à un monde où le fantastique et le réel semblaient se mêler.

_ « Papa, est-ce qu'on pourra voir Obsiden ? demanda-t-il avec sérieux. Hugo sentit un pincement au cœur.

_ Peut-être. La forêt a ses secrets, et parfois, elle nous les dévoile quand on est prêt. »

Les jours suivants furent rythmés par des explorations et des moments de complicité. Un après-midi, alors qu'ils traversaient une clairière baignée de lumière, Noam s'arrêta net.

_ « Papa, regarde ! » murmura-t-il en montrant un cheval gris, debout au loin, entre les arbres.

Hugo sentit son souffle se suspendre. Était-ce possible ? Le cheval, majestueux, les observait de loin, son regard perçant semblant sonder leur âme.

_ « C'est lui ? » chuchota Noam, les yeux écarquillés. Il ne répondit pas tout de suite. Il s'approcha lentement, son cœur battant fort. Le cheval resta immobile un instant, puis tourna la tête et disparut dans les bois, comme une ombre. Ce n'était peut-être pas Obsiden, mais c'était un signe.

Un rappel que la forêt, dans sa sagesse infinie, gardait toujours une part de mystère.

Les étoiles scintillaient haut dans le ciel lorsque Hugo sentit la fraîcheur de la nuit s'intensifier. Noam, à moitié endormi, blotti contre lui, murmurait encore quelques mots, entre rêves et réalité.

_ « Papa, on pourrait vivre ici, toujours… avec les étoiles, les chevaux, et Obsiden.

Il esquissa un sourire attendri, mais il savait que le moment était venu de rentrer.

_ « Allez, mon grand, on rentre. Ta maman doit nous attendre. »

Avec douceur, il souleva son fils, le portant dans ses bras. Noam passa ses bras autour du cou de son père, somnolent mais heureux. Ensemble, ils suivirent le chemin éclairé par la lueur de la lune, leur silhouette se dessinant comme une ombre paisible dans l'immensité de la nuit. À chaque pas, le craquement des feuilles sous leurs pieds semblait une mélodie familière, comme si la nature elle-même les raccompagnait.

Lorsqu'ils atteignirent la maison, une douce lumière émanait des fenêtres. Hugo aperçut Claire, silhouette accueillante, qui ajustait un plaid sur le canapé près de la cheminée. À travers la vitre, il pouvait deviner le doux crépitement des flammes, une promesse de chaleur et de réconfort après cette longue journée.

L'Accueil de Claire.

En poussant la porte, Hugo fut immédiatement enveloppé par une odeur délicieuse : un mélange de soupe aux légumes frais et de pain tout juste sorti du four. Claire les accueillit avec un sourire rayonnant. _ « Alors, comment s'est passée votre aventure ? demanda-t-elle, ses yeux pétillants de curiosité. _ C'était magique, maman ! » s'exclama Noam, soudain réveillé par la chaleur de l'intérieur.

Il bondit des bras de son père pour rejoindre Claire, lançant un flot de récits entremêlés : le cerf dans la clairière, le vieux pommier, les histoires au coin du feu, et surtout, le cheval mystérieux aperçu dans les bois. Claire écoutait avec patience, caressant les cheveux en bataille de son fils, tout en lançant un regard complice à son mari. Elle voyait dans les yeux de son mari cette même étincelle, celle qui apparaissait chaque fois qu'il revenait de ces lieux emplis de souvenirs.

_ « Venez, vous devez avoir faim ! » dit Claire, en les guidant vers la table où elle avait disposé une grande soupière fumante, du fromage de la région, et une corbeille de pain encore tiède. Hugo soupira de satisfaction en s'asseyant, sentant la chaleur de la cheminée contre son dos. Noam, lui, attrapa une grande cuillère et se servit avec enthousiasme, son visage déjà rougi par la chaleur du feu.

_ « Alors, Hugo, tu lui as raconté l'histoire d'Obsiden ? demanda Claire en souriant. Il hocha la tête.

_ Oui, et je crois que ce petit bonhomme a déjà décidé de suivre ses traces. Il m'a dit qu'il voulait son propre cheval sauvage.

Noam, la bouche pleine, hocha vigoureusement la tête.

_ « Oui ! Et je le respecterai, comme papa a respecté Obsiden. »

Claire rit doucement, posant une main affectueuse sur l'épaule de son fils.

_ « C'est une belle ambition, mon chéri. Mais tu sais, avant d'avoir un cheval sauvage, il faut apprendre beaucoup de choses. La patience, le respect… et bien sûr, comment bien s'occuper de lui. »

Après le repas, Noam s'étira avec un bâillement sonore, mais il refusa obstinément d'aller se coucher tout de suite.

_ « Encore un peu près du feu, papa, s'il te plaît ? » il acquiesça, et Claire apporta le plaid qu'elle avait préparé.

Ils s'installèrent tous les trois près de la cheminée, Noam blotti entre ses parents. La lueur des flammes projetait des ombres dansantes sur les murs, créant une ambiance presque irréelle.

_ « Vous savez, » dit Hugo après un moment de silence, aujourd'hui, dans la forêt, j'ai eu l'impression de retrouver un morceau de mon enfance. Et c'est grâce à toi, Noam.

Le garçon le regarda, intrigué.

_ Grâce à moi ?

_ Oui, parce que tu as les yeux pour voir ce que j'avais oublié. La nature est pleine de merveilles, mais parfois, en grandissant, on les oublie un peu. Toi, tu me rappelles qu'il faut toujours être curieux, toujours prêt à écouter ce que la forêt et les chevaux ont à nous dire. »

Noam sourit, les paupières déjà lourdes. Claire déposa un baiser sur le front de son fils.

_ « Allez, petit explorateur, il est temps de dormir. Demain, une nouvelle aventure t'attend. » Claire l'emmena à l'étage, tandis qu'Hugo restait près du feu, perdu dans ses pensées.

Les flammes mourantes dansaient encore, et il repensa à ce cheval mystérieux aperçu dans les bois. Était-ce Obsiden ? Ou bien un simple messager de la forêt, venu rappeler que les liens entre les hommes et la nature étaient faits pour durer ? Claire redescendit, une tasse de tisane à la main, et s'assit près de lui.

_ « Il a l'air tellement heureux. Je crois que ce que tu lui transmets est encore plus précieux que tout le reste. » Hugo hocha la tête, posant une main sur celle de sa femme.

_ C'est important. Ces valeurs, cette connexion avec la nature...elles sont ce que mes parents m'ont laissé, et je veux qu'il les garde avec lui, toute sa vie. »

Ils restèrent là, en silence, observant les dernières braises. La maison était calme, mais pleine de vie : celle des souvenirs, des rêves à venir, et de l'amour qui les unissait.

Une Rencontre du poulain.

Ce matin-là, le soleil perçait doucement à travers les feuillages denses de la forêt, dessinant des éclats de lumière sur le sentier où père et fils se promenaient. L'air était frais, et les bruits de la nature formaient une symphonie paisible : le chant des oiseaux, le bruissement des feuilles sous leurs pas, et, au loin, le murmure d'un ruisseau. Noam marchait un peu en avant, tenant un bâton qu'il utilisait pour tracer des lignes dans la terre. Hugo suivait, observant son fils avec un sourire discret. Ces promenades étaient devenues leur rituel, un moment privilégié pour se reconnecter à la nature et à eux-mêmes.

_ « Papa, tu crois qu'on verra des animaux aujourd'hui ? demanda Noam en se retournant, ses yeux brillants d'excitation.

Il haussa les épaules avec un sourire.

_ « Peut-être. La forêt a toujours des surprises pour ceux qui savent être patients. »

Ils poursuivirent leur chemin, avançant dans une clairière baignée de lumière. C'est alors que Hugo s'arrêta brusquement, ses sens alertés par un mouvement à l'orée des bois. L'enfant surpris, se retourna.

_ « Qu'est-ce qu'il y a, papa ? » Hugo posa un doigt sur ses lèvres, invitant son fils à faire silence. Puis, il le vit, une silhouette familière émerger lentement de l'ombre des arbres. C'était Obsiden.

Le grand étalon noir avançait avec une noblesse qui fit battre le cœur d'Hugo un peu plus vite. Sa robe luisait sous le soleil, et son regard, profond et perçant, semblait reconnaître son vieil ami. À ses côtés marchait Auréa, la magnifique jument brune qu'Hugo avait souvent aperçue aux côtés d'Obsiden dans le passé. Mais ce qui le surprit le plus, c'était la présence d'un troisième cheval : un poulain.

Le petit était un mélange parfait de ses deux parents. Sa robe était d'un gris argenté parsemé de nuances sombres, ses yeux pétillants d'une curiosité enfantine. Tandis qu'Obsiden et Auréa restaient légèrement en retrait, le poulain, lui, s'avança timidement, ses petites oreilles pointées vers le garçon. Noam resta figé, le souffle court.

_ « Papa… il vient vers moi ! chuchota-t-il, son excitation à peine contenue.

_ Reste calme. Laisse-le venir à toi. Il te teste, il veut voir si tu es digne de sa confiance, » murmura Hugo, son regard toujours fixé sur Obsiden.

Avec une lenteur mesurée, il fit quelques pas en direction de l'étalon, tandis que Noam tendait doucement la main vers le poulain.

Le poulain s'approcha de Noam, humant l'air autour de lui avec précaution. Puis, avec un petit hennissement curieux, il posa son museau contre la paume de l'enfant. Celui-ci éclata de rire, un rire cristallin qui semblait résonner dans toute la forêt.

_ « Il est tout doux, papa ! Regarde ! »

Hugo, le cœur gonflé d'émotion, continua de s'approcher d'Obsiden. L'étalon restait immobile, observant chaque mouvement de son ancien compagnon. Quand il fut à quelques pas de lui, il s'arrêta et plongea son regard dans celui du cheval. Le temps sembla s'arrêter. C'était comme si toute la vie qu'ils avaient vécue séparément depuis leur dernière rencontre s'effaçait, laissant place à un lien indéfectible. Il tendit une main prudente, et, après un instant d'hésitation, Obsiden avança, touchant du bout de son museau les doigts de son vieil ami.

Pendant ce temps, Noam jouait avec le petit cheval, qui trottinait autour de lui, joyeux et confiant. Auréa les observait, gardant un œil protecteur sur son petit, mais elle semblait accepter la présence de l'enfant. L'enfant se tourna vers son père, ses joues rosies par l'excitation.

_ « Papa, tu crois que le poulain veut être mon ami ? Hugo se retourna vers son fils, un souri re doux sur le visage.

_ Les chevaux choisissent leurs amis. Ce poulain a vu en toi quelque chose qui lui plaît. C'est une grande chance, mais aussi une grande responsabilité. Tu devras toujours respecter sa liberté et le traiter avec gentillesse. Noam hocha la tête, sérieux malgré son jeune âge.

_ Promis, papa. Je serai gentil avec lui, comme toi avec Obsiden. »

Après quelques minutes de cet échange silencieux mais profond, Obsiden poussa un léger hennissement, et Auréa fit un pas en avant. Le poulain, obéissant à l'appel de ses parents, retourna vers eux à contrecœur, mais pas avant de lancer un dernier regard à Noam. L'enfant leva la main pour lui faire un signe d'au revoir.

_ « Ils s'en vont… murmura Noam, un brin de tristesse dans la voix.

Hugo posa une main rassurante sur l'épaule de son fils.

_ Oui, mais ils reviendront. Ils savent maintenant qu'ils peuvent nous faire confiance. La forêt est leur maison, et nous sommes leurs invités. Si tu écoutes bien et que tu respectes leur monde, tu les reverras. Peut-être que, la prochaine fois, le poulain viendra encore plus près. » Noam sourit, son cœur rempli d'espoir.

Alors qu'ils reprenaient leur chemin, il tourna plusieurs fois la tête pour essayer d'apercevoir une dernière fois Obsiden, Auréa, et le poulain. La forêt, elle, semblait les envelopper à nouveau dans son mystère, mais Noam savait qu'un lien spécial venait de se tisser.

Hugo, quant à lui, marchait avec un sentiment de plénitude. Les chevaux étaient toujours là, et avec eux, l'assurance que les valeurs qu'il cherchait à transmettre à son fils avaient trouvé un écho dans cette rencontre magique.

_ « Viens. La forêt a encore tant de choses à te montrer. » Et, main dans la main, ils s'enfoncèrent dans les bois, prêts à écrire de nouveaux chapitres de leur histoire commune.

Une semaine plus tard le père et le fils retournèrent en forêt. Ils rencontrent à nouveau les chevaux. Le silence de la clairière était presque sacré, brisé seulement par le souffle paisible des chevaux et les battements de cœur précipités de Noam, émerveillé par la scène devant lui. Le poulain, intrépide malgré sa jeunesse, trottinait entre ses parents, ses petites jambes encore maladroites mais pleines de vie. Noam tendit une main hésitante, et le poulain, toujours aussi curieux, s'approcha. Le contact était timide, léger, mais rempli d'une sincérité que seule l'innocence d'un enfant et la nature sauvage pouvaient partager.

Hugo, de son côté, restait immobile, les doigts toujours posés sur l'encolure d'Obsiden. Chaque fibre de son être semblait en communion avec ce cheval qui avait tant marqué sa jeunesse. Il sentit une profonde reconnaissance envers la forêt et ses mystères, comme si elle lui offrait, à nouveau, un cadeau précieux. Son regard se tourna vers Auréa, qui observait la scène avec une sérénité presque maternelle. Ses yeux, si calmes et pénétrants, semblaient contenir toute la sagesse de la forêt.

Hugo murmura doucement, presque pour lui-même : « Merci. Merci d'être encore là. » Alors que Noam se laissait émerveiller par le poulain, Hugo tourna son regard vers Obsiden et la jument. Ils se tenaient toujours là, immobiles, mais leur présence était plus imposante que jamais. Obsiden, avec son pelage noir luisant, semblait plus majestueux encore, une aura de sagesse et de puissance émanant de lui. Ses yeux, bien que pleins de douceur, brillaient toujours de cette intensité presque surnaturelle, celle qui avait fait de lui un guide, un leader parmi les siens. La jument, quant à elle, était d'une beauté presque irréelle, son pelage gris argenté scintillant sous les rayons du soleil, ses yeux remplis de tendresse, mais aussi d'une profonde connaissance de la forêt et de ses mystères.

Hugo se sentit submergé par une vague d'émotion. Le regard qu'il échangea avec Obsiden n'avait pas changé. Il y avait cette même compréhension silencieuse entre eux, comme si le temps n'avait pas passé, comme si la complicité qu'ils avaient partagée des années plus tôt était toujours là, intacte. Il s'approcha doucement, respectueux, et tendit la main vers le cheval noir. Obsiden ne bougea pas, mais ses yeux suivirent chacun de se mouvements, comme s'il attendait ce geste, comme s'il savait que ce moment était important.

Lorsque la main d'Hugo toucha enfin l'encolure d'Obsiden, il sentit une chaleur familière se diffuser à travers lui, un frisson qui parcourut son corps. Ce contact, ce simple geste de tendresse et de reconnaissance réactivait en lui tous les souvenirs des jours passés dans la forêt, les moments où il avait partagé des instants de liberté pure avec ces chevaux sauvages. Il se souvint des heures passées à courir à travers la vallée, à regarder Obsiden et la jument galoper en toute liberté, loin des préoccupations humaines, loin des règles et des attentes de la civilisation. Il se souvenait de la sensation de totale communion avec ces animaux, qui semblaient comprendre chaque pensée, chaque émotion.

Obsiden se tourna légèrement, se laissant caresser. Il s'inclina presque, comme un vieux compagnon qui reconnaît son ami. C'était un moment de paix, de retrouvailles silencieuses entre deux âmes qui s'étaient déjà rencontrées dans d'autres vies. Hugo ferma les yeux un instant, savourant cette connexion, ce lien qu'il n'avait jamais perdu, même au fil des années. La forêt, les chevaux, la nature tout entière semblaient lui dire qu'il n'avait jamais été seul. Et que tout, dans cet univers, était interconnecté.

Le poulain, toujours curieux, s'avança alors vers Obsiden, comme s'il venait demander la bénédiction de son père. Le regard de Obsiden se fit plus doux, et Hugo se rendit compte qu'il n'avait pas simplement assisté à une rencontre entre un père et son fils, mais aussi entre deux générations de chevaux sauvages, de deux âmes liées à la terre et à la liberté. Le poulain se colla un peu contre sa mère, se sentant sans doute encore trop petit pour comprendre pleinement ce qui se passait. Mais Hugo savait que, tout comme lui, Noam se sentait tout entier pris dans ce moment magique, qu'il en gardait déjà une trace indélébile dans son cœur.

Obsiden releva la tête, comme s'il avait compris les paroles d'Hugo, comme si une réponse silencieuse passait entre eux. Le vent s'éleva légèrement, caressant les feuilles des arbres et agitant la crinière du grand étalon. Ce fut un moment hors du temps, un instant où la frontière entre l'homme et l'animal, entre le passé et le présent, semblait s'effacer complètement.

Noam, toujours captivé, se tourna vers son père.

_ « Papa, tu crois qu'ils savent qu'on est leurs amis ? Hugo posa un genou à terre, se mettant à hauteur de son fils. Il observa le poulain, qui s'amusait maintenant à mordiller doucement une touffe d'herbe sous l'œil attentif d'Auréa.

_ Oui, je crois qu'ils le savent. Mais plus que ça, ils savent qu'on respecte leur monde. C'est pour ça qu'ils restent. Noam hocha la tête avec sérieux, caressant doucement le flanc du poulain.

_ Je veux toujours les respecter, papa. Je veux qu'ils nous fassent confiance pour toujours. » Hugo sourit, fier de l'attitude de son fils.

_C'est tout ce qu'ils demandent. Respecter leur liberté, leur espace, c'est comme une promesse qu'on leur fait. Et eux, en retour, nous montrent leur confiance. »

Le poulain releva la tête, son museau argenté brillant sous le soleil, avant de pousser un petit hennissement joyeux. Noam éclata de rire, un son clair qui sembla apaiser encore davantage l'atmosphère déjà si paisible.

Après un moment qui sembla durer une éternité, les chevaux donnèrent des signes qu'il était temps de partir. Obsiden hennit doucement, comme pour appeler Auréa et le poulain. La jument hocha la tête, avançant vers lui avec son petit trottinant à ses côtés. Le poulain lança un dernier regard curieux vers Noam, avant de suivre sa mère. Noam fit un pas en avant, le cœur serré.

_ « Ils s'en vont encore, papa... Hugo posa une main rassurante sur son épaule.

_ Oui, mais c'est leur nature. La forêt est leur maison. Ils reviendront. Souviens-toi de ce que je t'ai dit, si tu respectes leur monde, ils trouveront toujours leur chemin jusqu'à nous. Noam acquiesça, essuyant discrètement une larme qui roulait sur sa joue. Hugo se pencha et murmura à son oreille :

_ Ce n'est pas un adieu. C'est juste un au revoir. »

Alors que les silhouettes des chevaux disparaissaient parmi les arbres, père et fils restèrent un moment immobile, savourant la magie qui flottait encore dans l'air. Ils se tenaient côte à côte, unis par une émotion qu'ils n'avaient pas besoin de mettre en mots. Hugo, posant sa main sur l'épaule de son fils, dit doucement :

_ « Tu vois, ce lien qu'on a avec eux, c'est précieux. Ce n'est pas seulement un privilège, c'est une responsabilité. Un jour, peut-être, ce sera toi qui transmettras tout ça à quelqu'un d'autre. Noam leva les yeux vers son père, son regard brillant de détermination.

_ Je promets de toujours respecter la forêt, papa. Et les chevaux. Et tout ce qui vit ici. Hugo sentit son cœur se gonfler de fierté.

_ Alors, tu es déjà sur la bonne voie, mon garçon. »

Ils reprirent le chemin de la maison, leurs pas légers sur le tapis de feuilles. Et bien que la clairière derrière eux fut maintenant vide, elle restait imprégnée de la magie de ce moment partagé, une magie qu'ils porteraient avec eux pour toujours.

Une Promenade Ensemble.

Quelques jours plus tard, une matinée ensoleillée illuminait la forêt, baignant chaque feuille et chaque branche d'une lumière dorée. Cette fois, Claire avait décidé d'accompagner « ses hommes ». Habillée d'un pull en laine et d'une écharpe légère, elle avançait avec élégance parmi les sentiers, son sourire doux éclairant son visage. Noam courait devant, son enthousiasme débordant, tandis qu'Hugo marchait lentement à côté de sa femme, une main effleurant distraitement le tronc des arbres qu'ils croisaient.

_ « Je suis contente de venir aujourd'hui, dit Claire en jetant un regard affectueux vers son mari. Chaque fois que vous rentrez de ces promenades, le gamin ne parle que de la forêt, des chevaux… et d'Obsiden. J'avais envie de voir ça de mes propres yeux. Son mari hocha la tête avec un sourire.

_ La forêt a une façon particulière de te rappeler ce qui compte vraiment. Et avec Noam… c'est comme si elle prenait une nouvelle vie. »

Alors qu'ils s'enfonçaient plus profondément dans les bois, Claire observa la nature qui les entourait. Elle remarqua comment chaque détail semblait captiver Noam, les champignons qui poussaient sous les racines, les écureuils qui bondissaient d'arbre en arbre, et même les craquements des brindilles sous ses pas.

_ « Noam a tellement changé ces derniers mois, murmura Claire. Il est plus calme, plus réfléchi. Je pense que c'est grâce à tout ce que tu lui apprends ici. »

Hugo s'arrêta un instant, regardant son fils qui, à quelques mètres, tentait de grimper sur un vieux tronc tombé.

_ « Ce n'est pas seulement moi, répondit-il. La forêt l'apprend à sa façon. Elle lui montre que tout a un cycle, que la patience et l'écoute comptent autant que l'énergie. Claire hocha la tête, impressionnée par la sagesse de son mari.

_Tu sais, je crois que toi aussi, la forêt t'a changé. »

Hugo laissa un sourire jouer sur ses lèvres, son regard se perdant dans les arbres.

_ Peut-être bien. Elle m'a appris à grandir, à être résilient. Tout comme Obsiden, elle m'a guidé quand je pensais être perdu. »

Noam s'arrêta soudain, tendant la main en l'air pour leur faire signe de s'approcher.

_ « Papa, maman, venez vite ! » cria-t-il, ses yeux brillants d'excitation.

Ses parents s'approchèrent, intrigués, pour découvrir ce qui avait captivé leur fils. Là, dans une petite clairière baignée de soleil, se tenaient Obsiden, Auréa, et leur poulain. Claire porta une main à sa bouche, émue par la beauté de la scène.

_ « Hugo, ils sont magnifiques… »

Obsiden, immobile mais attentif, tourna légèrement la tête vers eux, comme s'il reconnaissait Hugo. Auréa, de son côté, observait Claire avec une curiosité tranquille, tandis que le poulain trottinait avec espièglerie autour d'eux.

_ « Ils nous attendaient, papa ? » demanda Noam, émerveillé.

Hugo s'accroupit près de son fils, son regard toujours fixé sur Obsiden.

_ « Peut-être. Ou peut-être qu'ils veulent nous montrer quelque chose. »

Claire, fascinée, tendit une main vers Auréa, qui avança doucement. Le contact fut timide, mais Auréa se laissa caresser, ses grands yeux fixant ceux de Claire avec une tendresse presque humaine.

_ « Elle est si douce…murmura Claire, sentant une chaleur l'envahir. Hugo, je comprends maintenant pourquoi tu parles toujours de cette forêt comme d'un endroit magique. »

Pendant ce temps, Noam riait, s'amusant avec le poulain qui poussait sa main avec son museau. Obsiden, vigilant mais apaisé, semblait presque approuver cette interaction.

_ « Tu vois, Claire, ce lien… Hugo s'interrompit un instant, cherchant ses mots. Ce n'est pas seulement entre les chevaux et nous. C'est entre nous tous. La famille, les générations, la nature qui nous unit. C'est un cercle, un cycle que la forêt nous rappelle. Claire posa une main sur son bras, émue.

_ Et toi, tu es le lien central. C'est toi qui nous as ramenés ici, à ce qui est essentiel. »

Alors que le soleil montait plus haut dans le ciel, Hugo, Claire et Noam passèrent encore un moment avec les chevaux. Il fit promettre à ses parents qu'ils reviendraient souvent, qu'ils continueraient à explorer et à apprendre de la forêt.

Ils restèrent là, tous les trois, entourés par Obsiden, la jument et leur petit poulain. Le temps semblait se suspendre. Ils n'avaient pas besoin de parler. Tout était dit dans cette rencontre, dans ce regard silencieux, dans ce souffle partagé.

Le monde sauvage était plus que jamais là, vivant et vibrant autour d'eux. Hugo savait qu'à cet instant précis, il avait non seulement revécu un moment de son enfance, mais il avait aussi offert à son fils un souvenir qui, lui aussi, durerait toute une vie. En quittant la clairière, Claire jeta un dernier regard à Auréa et Obsiden.

_ « Peut-être qu'un jour, ce sera notre fils qui viendra ici avec ses propres enfants, dit-elle, presque rêveuse. Hugo hocha la tête.

_ Oui, peut-être. Mais pour l'instant, nous avons encore beaucoup à partager ensemble. Nous avons encore du temps pour leur apprendre ce que cette forêt nous a appris. »

Noam, trottinant devant eux, se retourna avec un grand sourire.

_ « Alors, on revient demain ? » ils éclatèrent de rire, leur amour pour leur fils et pour cet endroit débordant dans leurs éclats de voix. Ensemble, ils empruntèrent le chemin du retour, porteurs d'une gratitude profonde pour la forêt, ses habitants, et les leçons silencieuses qu'elle leur offrait jour après jour.

Le retour à la maison se fit dans un silence paisible, chacun absorbé dans ses pensées après la rencontre magique avec Obsiden, Auréa et leur poulain. La forêt semblait encore les accompagner, inscrite dans leurs cœurs. Claire marchait aux côtés de Hugo, leurs mains se frôlant parfois, tandis que Noam, tout excité, sautillait autour d'eux, toujours animé par l'émerveillement de cette journée. Le soleil était déjà bas, et le ciel se teintait de rose et d'orange. En arrivant devant la maison, Hugo se tourna une dernière fois vers la vallée, son regard se perdant dans les ombres croissantes de la forêt. Un sentiment de paix l'envahit, mais aussi un poids. Il savait que bientôt, les obligations de la vie reprendraient leur place. Le travail, les tâches quotidiennes, et pour Noam, l'école. Mais pour l'instant, ils avaient encore cette soirée.

À l'intérieur, Claire avait déjà préparé le dîner. L'odeur du pain frais se mêlait à celle des légumes cuits doucement sur la cuisinière. Le foyer crépitait dans la cheminée, apportant chaleur et confort à la maison. La table était prête, et, comme chaque soir, Hugo et Claire échangèrent un regard complice, cette tranquillité retrouvée au cœur de leur foyer.

Les vacances d'été se terminèrent plus vite que prévu. Quelques jours après leur retour de la forêt, Hugo se leva tôt pour se rendre à l'atelier. Il passa une main lasse sur son visage. Le rythme du travail quotidien l'attendait, les chevaux à ferrer, les outils à entretenir. Il se demandait parfois si les journées devaient toujours se ressembler, si cette quête de liberté et de simplicité qu'il trouvait dans la forêt pouvait un jour se concilier avec la réalité de son existence.

Noam, quant à lui, se leva avec moins d'entrain, préparant son sac pour l'école. Mais dès que ses yeux croisèrent ceux de son père, il s'arrêta, pensif.

_ « Papa, tu crois que les chevaux resteront dans la vallée pour toujours ? demanda-t-il, ses yeux remplis de la même inquiétude qu'il avait perçue chez son père. Hugo le regarda, touché par la question.

_ Pourquoi tu demandes ça, mon garçon ? Noam haussait les épaules, un air un peu sérieux pour son âge.

_ Parce qu'ils sont libres, mais ils sont aussi un peu seuls. Et puis… la vallée n'est pas un endroit sûr pour eux. Il baissa les yeux, comme s'il mesurait toute la portée de ce qu'il venait de dire.

_ Je voudrais qu'ils restent là, avec nous. »

Les jours suivants, Noam ne cessa de parler des chevaux, de leur avenir dans la vallée. Chaque fois qu'ils se retrouvaient ensemble à la maison, le sujet revenait sur la table. Un matin, alors qu'ils étaient autour du petit déjeuner, Noam, les yeux brillants, posa une question qui allait changer la direction de leurs pensées.

_ « Papa, tu crois qu'on pourrait faire quelque chose pour eux ? Pour Obsiden, Auréa, et le poulain ? Pour qu'ils restent dans la vallée, pour les protéger ? » demanda-t-il, son regard intense, presque suppliant. Hugo, touché par l'enthousiasme de son fils, se figea un instant. Il savait que ce qu'il allait dire n'était pas facile, que cela demanderait des sacrifices et des efforts considérables. Mais au fond de lui, il ressentait aussi l'appel de cette mission, celle de préserver la nature et ses créatures. Un appel qu'il avait toujours eu en lui, mais qui prenait aujourd'hui une forme différente, une forme plus urgente.

_ « Nous pouvons essayer. Nous pouvons faire tout ce qu'on peut pour les protéger. Hugo prit une grande inspiration, ses yeux se posant sur son fils, se remplissant d'une douce fierté.

_ Mais tu sais, ça ne va pas être simple. Ce n'est pas juste une question de les garder dans la vallée, mais de préserver leur liberté, leur territoire, leur avenir. Et ça… ça demande bien plus que de la bonne volonté. »

Noam hocha la tête, déterminé.

_ « On pourra leur construire un refuge ? Créer un endroit sûr pour eux, où ils pourront vivre libres, sans être menacés ? Il était tout excité à l'idée d'agir concrètement, de mettre la main à la pâte. Et on pourrait aussi peut-être protéger la forêt, la rendre plus belle et plus forte pour eux. Claire, qui écoutait la conversation avec attention, intervint doucement.

_ Vous savez, ce projet pourrait aussi impliquer toute la communauté. Il y a sûrement des gens ici qui voudront aider. Des experts en conservation, des amoureux des chevaux, des gens qui partagent votre vision. Ce pourrait être une grande aventure pour tout le village. »

À partir de ce moment, Hugo et Noam se lancèrent dans un projet qui allait transformer leur quotidien. Ils commencèrent à planifier, à se renseigner sur la meilleure façon de protéger les chevaux sauvages et leur habitat. Des discussions eurent lieu avec des naturalistes, des vétérinaires, et des amis du village qui étaient prêts à les soutenir. Claire, quant à elle, s'impliqua dans l'organisation et la recherche de fonds nécessaires à la réalisation de ce projet ambitieux.

Les semaines passèrent, et l'enthousiasme de Noam ne faiblit jamais. Chaque moment passé avec son père à observer les chevaux, à apprendre les bases de la protection de la nature, devenait pour lui une aventure. Hugo, malgré ses journées de travail intenses, trouvait du réconfort dans ces moments partagés. Il savait que ce projet était bien plus qu'une simple action pour protéger des chevaux : c'était une occasion de bâtir quelque chose de plus grand, une façon pour lui et son fils de contribuer à un avenir meilleur pour les générations à venir.

Un matin, alors que l'hiver approchait et que la neige commençait à envelopper doucement la vallée, Hugo se retrouva seul dans la forêt, comme autrefois, mais cette fois avec une raison bien précise. Il s'arrêta un moment, le souffle court, observant le paysage silencieux qui s'étendait devant lui. Chaque détail de cet endroit lui rappelait son passé, ses premières rencontres avec Obsiden et Auréa. Les souvenirs affluèrent : l'émerveillement, le respect mutuel, et l'intense leçon d'humilité que ces chevaux sauvages lui avaient enseignée. Il pensait désormais à l'avenir, à l'héritage qu'il souhaitait transmettre à son fils. Cet héritage allait bien au-delà des histoires qu'il pouvait raconter. C'était un amour profond pour la nature, une compréhension des cycles de la vie et une responsabilité envers le monde sauvage. Plus il avançait, plus il réalisait que sa mission était de partager cet apprentissage, non seulement avec Noam, mais avec tous ceux qui seraient prêts à écouter. L'homme, la nature, et les animaux pouvaient coexister en harmonie, se disait-il, à condition de bâtir cette relation sur le respect mutuel.

Avec l'arrivée du printemps, un nouvel élan emplit la vallée. Hugo et Noam, épaulés par Claire et une communauté grandissante, donnèrent vie à leur projet de protection des chevaux et de leur territoire. Ils ne souhaitaient pas domestiquer les animaux, mais créer un sanctuaire où leur liberté resterait intacte. Le plan était ambitieux : préserver les écosystèmes, réintroduire certaines espèces de plantes endémiques, et éduquer les générations futures à la nécessité de protéger ces trésors.

Autour d'eux, des gens venus de tous horizons se mobilisèrent. Certains construisaient des enclos pour sécuriser les zones les plus fragiles, tout en veillant à ne pas limiter les déplacements des chevaux. D'autres, experts en biodiversité, surveillaient les évolutions de la faune et de la flore dans la région. Claire jouait un rôle central dans la logistique et la communication : elle organisait des conférences, rédigeait des articles pour sensibiliser le grand public, et coordonnait les efforts des bénévoles. Noam, quant à lui, était au cœur de l'action.

Noam, désormais adolescent, avait pris son rôle à cœur. Il ne se contentait pas d'aider aux tâches pratiques ; il s'impliquait profondément dans chaque étape du projet. Il avait hérité de la patience de son père et de la capacité à écouter la nature. Chaque jour, il rendait visite aux chevaux, les observant avec une fascination toujours intacte. Obsiden, le puissant étalon, et Auréa, la douce jument, semblaient avoir accepté Noam comme un membre de leur cercle. Même le jeune poulain, désormais un fougueux adolescent équin, s'approchait de lui sans crainte.

La complicité entre Noam et les chevaux allait bien au-delà des gestes. Il comprenait leurs comportements, anticipait leurs besoins et percevait leurs humeurs. C'était comme s'il parlait leur langage, un langage fait de silences, de regards et de mouvements subtils. Hugo observait souvent son fils de loin, empli de fierté et de gratitude. Il savait que son garçon portait en lui le même respect profond pour cette vallée que lui-même avait développé des années plus tôt.

Un jour, lors d'une promenade matinale, Hugo et Noam furent témoins d'un spectacle inattendu. Obsiden se tenait au sommet d'une colline, scrutant l'horizon, tandis qu'Auréa et leur jeune descendant broutaient paisiblement à ses côtés. Le tableau était majestueux, presque irréel. Hugo posa une main sur l'épaule de Noam.

_ « Tu vois ça, fils ? C'est pour cela que nous nous battons. Pas seulement pour eux, mais pour tout ce qu'ils représentent. La liberté, la force, l'harmonie. Noam hocha la tête, ses yeux brillant d'une détermination nouvelle.

_ Oui, papa. Et je continuerai, même après toi. »

Hugo sentit une vague d'émotion le submerger. Son fils comprenait. Non seulement les mots, mais tout ce que ces instants contenaient d'amour, de respect et d'espoir.

Les chevaux, sentant la présence des deux hommes, levèrent brièvement la tête, avant de retourner à leurs occupations. Pour Hugo, c'était la confirmation silencieuse qu'ils étaient sur la bonne voie. La forêt, les chevaux, et la vallée avaient retrouvé leur équilibre. Et désormais, cet équilibre serait porté par Noam, le gardien d'un héritage précieux.

L'Unité Familiale.

Un soir d'été, Hugo et Claire se retrouvèrent seuls sur la terrasse, observant la vallée alors que le soleil se couchait lentement. Noam était parti dans la forêt, comme il le faisait de temps en temps. Les oiseaux chantaient, et la brise douce apportait l'odeur de la terre fraîchement labourée et des fleurs sauvages.

_ « Tu te rends compte ? dit Claire en souriant, la tête appuyée contre l'épaule de son mari.

_ Tout a commencé par un simple rêve. Un rêve de liberté. Et aujourd'hui, ce rêve est devenu un projet qui touche tout le monde ici. »

Hugo sourit en retour, mais son regard se perdit un moment dans la vallée, là où la forêt et les montagnes se rejoignaient.

_ C'est vrai. Mais je crois que c'est plus que ça. Ce n'est pas juste un projet pour protéger des chevaux. C'est un héritage. Il marqua une pause, réfléchissant. Quand je regarde Noam aujourd'hui, je vois l'enfant qu'il était, mais je vois aussi l'homme qu'il deviendra. Il a déjà appris la valeur de la nature, du respect, et de la liberté. Il va transmettre ça à son tour, à ses enfants, à ceux qui viendront après nous. Claire lui prit la main, le cœur rempli d'émotion.

_ Il a une chance inouïe d'avoir un père comme toi. Elle se tourna vers lui. Et toi, tu as un fils merveilleux. Je crois que vous êtes en train de créer quelque chose de bien plus grand que nous. »

Hugo sourit et la serra un peu plus fort. Il avait raison. Ils avaient semé des graines, non seulement pour la préservation des chevaux, mais aussi pour le bien-être de tout l'écosystème autour d'eux. Les gestes qu'ils accomplissaient aujourd'hui avaient pour but de construire un avenir meilleur, où les humains et les animaux coexistaient en harmonie.

Le temps passa, et l'équilibre fragile qu'ils avaient créé s'approfondit. Un matin de printemps, quelques années plus tard, Hugo et Noam se rendirent dans la vallée pour une dernière inspection. Les chevaux étaient plus nombreux, et la forêt semblait prospérer autour d'eux. Le poulain d'Auréa était maintenant un jeune étalon, confiant et majestueux, tout comme son père Obsiden. Noam s'arrêta, les yeux brillants d'émotion.

_ « Regarde, papa, tout ce qu'on a accompli. Hugo hocha la tête, un sourire calme aux lèvres.

_ Oui. Nous avons accompli beaucoup. Mais souviens-toi toujours, Noam, ce n'est pas seulement nous. C'est la nature elle-même, la forêt, les chevaux, les gens autour de nous. Ils ont tous joué un rôle. »

Les deux hommes s'assirent sur une pierre, observant en silence la scène devant eux. Obsiden et la jument Auréa se tenaient à l'écart, majestueux et paisibles, tandis que leurs petits suivaient leurs pas avec curiosité. Une famille de chevaux sauvages, forte et libre, protégée par l'amour de cette famille humaine.

En repensant à tout ce chemin parcouru, Hugo se sentit plus serein que jamais. Le travail acharné de ces dernières années avait payé. La vallée, autrefois silencieuse et isolée, était devenue un sanctuaire pour les chevaux sauvages, un lieu où la liberté régnait, soutenue par le respect et l'harmonie entre les générations. Hugo et Noam, se levèrent pour repartir vers la maison, sachant que le cycle de la vie continuerait. Et que, dans le futur, peut-être, un autre enfant viendrait à sa place, prêt à poursuivre ce projet de transmission. Les générations passaient, mais l'amour de la nature, des animaux, et des liens familiaux restait inébranlable. Les chevaux seraient là, libres, dans la vallée, parce qu'une famille avait décidé de les protéger, de les aimer, et de les défendre pour toujours.

Et sous ce ciel étoilé, Hugo savait qu'il n'avait jamais été plus connecté à la terre et à l'univers que ce moment précis. C'était l'amour de la vie, l'amour de la famille, de la nature et des chevaux, qui était leur véritable héritage.

Printed by Amazon Italia Logistica S.r.l.
Torrazza Piemonte (TO), Italy

66025084R00088